鱼鳞帽艳史

[塞尔维亚] 米洛拉德·帕维奇 著

戴骢 陈寂 译

MILORAD PAVIC

The Fish Skin Hat
A Love Story

上海译文出版社

目　录

鱼鳞帽艳史

1

朝曦初上，帝国释奴阿耳卡契拣了一处晒得着太阳的地方坐了下来，把一顶用鱼鳞做成的帽子推到前额上，开始用他的早餐。早餐是油橄榄加葡萄酒，他一边吃，一边目不转睛地望着小公猫在近处的树阴下追逐几只蝴蝶，望着坐在他对面的那位老者。老者一刻不停地喝醋，咀嚼辣得像一捧火似的红辣椒，用以提神，辣椒就挂在他脖子上，有一大串。老者虽然裹着披风，他那根硕大的阳物仍赫然可辨，活像一条包在泥沙里的蛇。阿耳卡契竭力回忆老者的名字，可怎么也想不起来。

阿耳卡契心想，人的名字真是跟跳蚤一模一样。他把橄榄核吐掉，回过头来做正事。他在向老者学习识字念书。

"inter os et offam multa accidere possunt"，阿耳卡契在一盏陶制烛台上读到这么一句话，烛台上还塑有一女一男，女的睡在男的身上，那男的，也就说那情哥儿把两只脚搁在女的双

肩上，而女的则把脸伏在男的肚子上。阿耳卡契将其从拉丁文译成希腊文，弄明白了这句题跋的意思是："一旦把东西放入口中，就祸福难料了。"

阿耳卡契早已学会用希腊文阅读，现在正在攻读拉丁文。他身上的披风非常之薄，好似用古拿苏斯河①的流水作衬里的，而他的年纪却非常之轻，所以他履历中做噩梦的日子加起来才达一年之数，男相好只有两个，女相好仅一人而已。他才思敏捷，学习如有神助，轻而易举就学会了书写，随后又轻而易举学会了阅读。启蒙那会儿，他临摹字母，对这些字母的意思却一概不知，可现在他已经能按音节拼读了。他见到什么就拼读什么，无一疏漏。他先是拼读刻在烛台上的题字，诸如"Agili"、"Atimeti"、"Fortis"和"Lucivus"②之类，继而好似挣脱了桎梏，遨游于无涯无际的大海，已无字不能拼读；他阅读用以装点石门坎、三角供桌、屋宇和寺院的大墙、墓碑、铜烛台、剑、宝石戒指和手杖的题字或铭文；阅读写在古门框、古窗框、古印章、墙壁、圆柱、桌椅、半圆形露天剧场、帝座、盾牌、洗脸池、浴池、托盘、窗幔、衣褶、玻璃杯、剧院座位的大理石雕饰、旗帜、碟底、箱笼、锁子甲、圆形颈饰、名人半身雕像、梳子、皮带扣等等上面的文字，以及研钵和铜锅内的铭文；还读发簪和刀刃上、日晷和花瓶上、裤带和头盔上、黄沙和流水中、飞鸟的轨迹和自己的梦中的题词。然而他

---

① 流经塞尔维亚城市尼什的尼萨瓦河的古称。
② 均是拉丁文，疑为人名。

最爱读的是锁和钥匙上的铭文。

这是因为阿耳卡契有一种隐秘的癖好：他喜欢漂亮的钥匙。只消弄到一把钥匙，不论是用以打开箱子或城门的，还是用以开启古老的挂锁或神殿的，阿耳卡契都会偷偷地用一团蜡压出这把钥匙的模子，然后用金属照式照样再浇铸出一把来。他喜欢摆弄金属溶液，而且手艺高超。他一接触金属溶液，立刻就会想起他在一个大矿场上度过的童年，人们在那个矿场上铸造有拉丁文 Aeliana Pincensia 字样的硬币。

阿耳卡契时不时能弄到一把久已弃之不用的钥匙，亦即所谓的鳏夫型钥匙，也就是说它已经和自己的锁孔各奔东西。他总是给这类钥匙浇铸或打造新柄，柄的样式或取星形，或取玫瑰形，或取人脸的形状。他尤其喜欢给这类钥匙改铸一个硬币状的柄，硬币正面镌有菲力浦·阿拉布大帝①的头

① （？—249）公元 244 年起为罗马皇帝，曾击退波斯人和哥特人的进攻，248 年 4 月 6 日举行隆重庆典，纪念罗马建立一千周年。

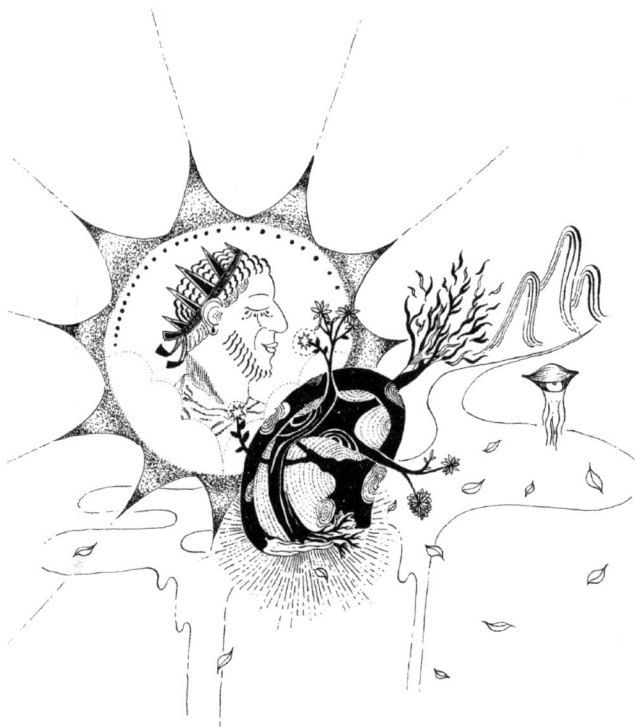

像，反面的头像则可分辨出是个妇人，下题"Abundantia"或者"Fortuna"①。

有一回，老师瞥了一眼门生的制品，对他说：

"要是你朝北方走，走上很久很久，便可到达一条河的河滩地，这条河的名字叫达奴维渥斯或者伊斯特尔②。到了那里，你就可以找到维弥纳佶乌姆城③，进了城，你就可以找到帝国铸币厂，就可以见识到铸币厂是怎么打造硬币的了。"

"北方是什么意思？"阿耳卡契问。

"要是你走上一条路之后，太阳先晒热你一只耳朵，后来又晒热你另一只耳朵，那么你去的那个方向就叫北方。"

可阿耳卡契却把师父的话丢在脑后，直到晚上，还没记起过一次。于是老者斩钉截铁地说："谁接到请柬去出席公羊的婚筵，谁就交了好运……"

一听到这句话，阿耳卡契顿感他周围的时光正以令人头晕目眩的速度在扩张，他也正以同样的速度离开他自身。于是他毫不犹豫地告别了他居住至今的密迪安那城，撂下他那幢终年秋意浓重、有一口水井的房子和他豢养的那只会掷骰子而且每战必赢的猴子，听任它们自生自灭。他行色匆匆，以致未及询问他的师父究竟叫什么名字。他随身只带了两件东西，一件是一包钥匙，一件是老者馈赠给他的鱼鳞帽。

————————

① 拉丁文，前者意为富裕，后者意为幸福。
② 均为多瑙河的古希腊名字。
③ 罗马古城名，位于姆拉瓦河注入多瑙河的入口处，在塞尔维亚城市科斯托拉茨附近。公元前86年即有史载。

2

阿耳卡契朝北走去，两只耳朵先后捕捉着阳光，一边走，一边心想：每个城市都被它自己的季节所主宰。一踏上由塞萨莉亚①通至达奴维渥斯河滩地的大路，他立即虔诚地祈求道路和十字路口的女保护神赫加特②保佑。他喃喃自语道：

"炊烟袅袅，鸟鸣不绝，可以听到最早解冻的那几朵雪花融化的声音。雪花在我眼中变为泪花，我阖上眼皮，把目光穿过冰冷的泪珠投向你。风把道路涂黑，树干一根接一根靠拢来，或像一头头口渴难熬，举步维艰地向水塘走去的猛兽……"

一路上，他见到不少令人毛骨悚然的死亡景象。一棵棵树上吊满死尸，像是累累果实。其中每一个人的死也可能在他身上再现。死神步步窥伺着他。他得出结论，人活在世上，不管怎么个活法，哪怕一生享尽荣华富贵，可要是死得这么可怖，要是这么久才能咽气，宁肯不要来到世上。他又累又怕，把他收藏的钥匙一把接一把卖掉，因为他觉得这些个钥匙越来越沉了。而旅途却越来越长。

然而就在这苦不堪言的时刻，阿耳卡契遇见了一桩快活的事，重新坚定了他寻访铸币厂的决心。他遥遥望见远处有一座城池，好不开心，不料人家告诉他，这是辛吉杜奴姆城③，他走错了方向，偏到了西方，要去维弥纳佧乌姆城，得往东拐。

阿耳卡契听到这话，并不丧气。他好像压根儿没有听懂。因为立在十字路口的一尊青铜半身雕像把他给迷住了，他观赏着这尊铜像，沉醉在美色之中。他终于闻到了河水的腥味，后来又听到了达奴维渥斯河撕裂黑夜的凶猛的咆哮，声若巨雷，渡口虽泊有渡船，但渡工早已离去。据说，每到夜里，只消渡船刚一离岸，妖鬼就会把渡河人置于死地。

阿耳卡契却孤身一人，坐上渡船，冒着黑暗和浓雾向前划去。划了将近三分之一路程时，他感到自己活像一条狗，浑身都在脱毛，继而情欲勃发，临了，他脑袋瓜上长出了别人的头发，而且显然是女人的头发。渡船行至一半路程，雾开月出，他看到船角落里有个黑黢黢的人影，一只黄蝴蝶像是一束月光，在人影上边飞来飞去。阿耳卡契一声断喝，把妖鬼推入河心。他听到扑通扑通的拍水声，便使出吃奶力气把渡船划至对岸，拔腿就向不远处一家半夜里还有灯光的小酒馆跑去。阿耳卡契已经把一只状似六叶草的干硬了的麦饼啃下了肚，忽见一个浑身湿透、蓬头垢面、吓得胆战心惊的人步履蹒跚地走进酒馆，在他旁边坐下。那人的披风里，晃动着第三只乳房，就长在左乳的上方。

---

① 系希腊历史地区，位于希腊中部。

② 希腊宗教的冥间女神。有三张脸。被认为掌管鬼魂和离奇恐怖事物。人们每月一次在十字路口（一般认为鬼魂逗留于十字路口）以狗肉向她献祭，称"赫加特晚餐"，以祈求其保护。对其崇拜，一直延续到中世纪。

③ 辛吉杜奴姆是古克尔特人村落，后为罗马帝国要塞，位于塞尔维亚首都贝尔格莱德，遗址考古发掘所获，藏于贝尔格莱德国家博物馆。

"我刚才在河上碰到妖鬼，他把我掷进了河里！"陌生人激动地高声说道。

"我在渡船上也碰到了妖鬼。"阿耳卡契回答说，他已经明白是怎么回事了。两个旅人认出了对方，都不由得哈哈大笑起来。

"朋友，要当妖鬼，你的身子骨还嫌单薄些。"阿耳卡契指出，并想打趣地推交谈者一下，就在这一瞬间，他发现那人的一只肩膀上，像刚才在河上那样，有只黄蝴蝶颤动翅膀停在那儿，像是一摊月光。

阿耳卡契望着蝴蝶，伸出手去抓它，可是蝴蝶不肯就范。

"别碰它，它不会危害你的。"陌生人说，"人家告诉我，它已经伴随我多年。人人都看得见它，惟独我看不见。"

"它为什么要跟着你？"

"谁知道。我想它是光明和爱情的精灵，由它来决定我的心灵之形，换句话说，我的魔鬼是女魔……它的名字叫厄洛斯①。在每个男人的肩上都有个女魔在盘旋，而在每个女人的肩上，都有个男魔在盘旋。这便是欲魔。人家告诉我说，哪怕我在作坊里干活，我的蝴蝶也盘绕着我，飞来飞去。"

"你是什么人？"

"我是奴隶。我属于所谓 'familia monetalis'② 这个阶层。"

---

① 厄洛斯是希腊宗教中的性欲神和同性相恋神。荷马史诗中称他为"四肢放荡和损害心灵"者。赫西俄德则认为他是诸神中最古老最有权力的神，为原始混沌之子。还有人认为他是性爱和美丽女神阿芙若狄蒂之子。在雅典，他和阿芙若狄蒂被供奉于同一神庙，有性器官的标记。
② 拉丁文。

"'familia monetalis'是什么意思？"

"意思是，帝国铸币厂工人。"

"你铸造塞斯特齐①银币？"

"不，我打造 nummi mixti②。这是维弥纳偌乌姆城中最令人憎恶的铸币方法。"

"维弥纳偌乌姆城？"

"对。"

"维弥纳偌乌姆城在河的哪一边？"

"在我跟你登上渡船的那边。"

"这么说，我走错了路，上的不是该上的岸。"

"你要去维弥纳偌乌姆城，只能由水路回到对岸。得等到明天傍晚才有渡船来，因为我们来时乘的那条船已经给押回去了。Cras，cras，semper cras③…"

"你说什么？"

"明天，明天，永远是明天，我的孩子。人生一世，总是为了'明天'二字……至于我，我明天可不去维弥纳偌乌姆城。"

"你去哪里？"

"Procurator monetae④派我出来办件事，我十二天后回去销差……"

"Procurator monetae 是什么人？"

---

① 古罗马银辅币的音译。
② 拉丁文，意为：质地不纯的钱币。
③ 拉丁文，意为：明天，明天，永远是明天。
④ 拉丁文，意为：铸币厂厂长。

3

于是阿耳卡契卖掉了仅剩的两把钥匙中的一把，睡了一大觉，于次日傍晚重渡达奴维渥斯河。恐惧在他的骨骼中定居了下来，他的头上抖动着女人的青丝。

整条渡船上仅他一人。他用两眼仔细察看了一遍，船上一个人也没有。悦耳的寂静笼罩了万汇河。他听到好几条巨大的鲶鱼跳到岸上去吃草，还听到他双耳在鸣响，左耳声音低哑，右耳则又尖又细，他引吭高唱，借以壮胆。眼看着就要靠岸了，他忽然察觉跟他的嗓子一起，还有一条嗓子也在无声地唱着同一支歌，那条嗓子就在他身后。他不敢回过头去看，紧张得左手已感觉不到右手的存在，蓦地里他大吼一声，决定抢先下手。身后那个不知为何物的物体非但没有惧色，反而暴怒地做出反击，用它的长发，像角斗士的网罩那样，将他缠住。两人都摔倒在船底，这时阿耳卡契感觉出了被压在他身下的是个女妖。

是厄姆普莎①，他惊恐地想。女妖狠狠地扇了他一耳光，而他则把尚未消耗尽的男子汉的力气全都使出来，把她给占有了。事后，他一把将她推入近岸的浊水之中，自己则撒腿朝离码头不远的小酒馆跑去。

这幢由原木盖成的小屋的店堂活脱是个牲口棚。炉灶四周

14

挤满了用木头削成的、涂上各种颜色的乳猪、兔子、鹅、公鸡和童子鸡，于是这位刚踏进店堂的顾客，一眼就看出了此店会供应给他什么吃食。

阿耳卡契刚把一个连壳煮的鸡蛋吃下肚去，忽见一个浑身湿透、沾满污泥的姑娘走进店来。她在他身旁紧靠着炉火的地方坐下，动手烘干头发。姑娘说：

"我在渡船上碰到了妖鬼。差点一命呜呼。他把我推到河里。"

"我知道，"阿耳卡契回答她说，"我也在渡船上碰到了个女妖，好不容易才从她死死缠住我的头发中挣脱出来。她抢走了我的鱼鳞帽。这顶帽子这会儿正戴在你头上。"

她莞尔一笑，对他说：

"要当妖鬼，你的身子骨可是过于单薄了。"

他则抢白说：

"要当女妖，你这一身蛮力可是太不相称了。"

"思鬼者见鬼。"她用这话收尾，把帽子还给了他。她已返身离去，又回过头来，问他："你这顶鱼鳞帽是打哪儿弄来的？你知道鱼是什么吗？"

"不知道。"

她又莞尔一笑，加补说：

"要是你这几天去集市的话，务必买下向你兜售的第一件

---

① 古希腊神话中化身女人的恶魔，专司蛊惑男子致其死。

东西。此后的事儿，由我来办。"

一大清早，他吃完作为早餐的葡萄酒和油橄榄之后，觉得不必急于去维弥纳佶乌姆城。他对徒步跋涉厌倦了。他想在昨晚上岸的地方待上一阵，在大河之畔歇息一段时间。他喃喃地自言自语地说：

"何不在赤足的幽灵、樱桃树和绿叶沙沙作响的幼树林中，用未洗过的器皿抿一口月光呢？"

4

春天过去了，夏天到了，草地散发出明日清晨的气息，连庄稼地也散发出明日白昼的气息。阿耳卡契动身去集市购买达尔达①干酪。他还没找到出售干酪的，就有一个贩子迎上前来向他兜售一件他见所未见的工艺品。这是用整块木头削成的木人，涂有颜色，模样是个青年，两手大张，显得很古怪。

"这是什么？"阿耳卡契问小贩。

"像是把钥匙吧。"那贩子回答。

"木头钥匙？！"阿耳卡契大为诧异，仔细查看起小木人来。木人张开的双手原来是钥匙柄，而交叉的双脚则是一头——"小兽"，也就是钥匙插入锁孔的那个部位。木人身上有四个孔眼，两只手掌心中各有一个，两只交叉的脚掌中有一个，还有一个在肋骨之间。

"这人是谁？"阿耳卡契继续刨根究底。

"朱庇特②的儿子，母亲是犹太女子。"

"这把钥匙能打开什么样的锁？"

"那把锁还得去找。不过人家告诉我，这把钥匙什么锁都能打开，可我没试过。"

阿耳卡契笑了笑，买下了钥匙。

又是一把鳔夫型钥匙，他一边想，一边朝前走去，把钥匙夹在胳肢窝里。可没隔一会儿，他便觉得往前走的不是他一人，有个人亦步亦趋地紧跟在他身后。他掉过头去一看，只见是个姑娘，头发呈乌鸦翅膀的颜色，挽在头上，又高又大，像座神坛。她手里提着一只鸟笼。鸟笼是空的，然而笼子的一根根栅条却叮咚作响，像煞竖琴的琴弦。

"干什么？"他问。他觉得她身上的汗味挺熟悉，什么时候闻到过。

"不干什么。"

"那你为什么盯我的梢？"

"我可不是盯你的梢。你买下了木钥匙也就买下了我。木钥匙到哪里，我必须跟到哪里，哪怕是天涯海角，我也不敢离开它一步。我的名字叫美喀伊娜。不用害怕我。我不会碍你的事。"

阿耳卡契想起自从他把他那只猴子留在密迪安那城之后，他还没掷过一回骰子，于是决定把这姑娘收在身边，说不定能派得上用场，跟他一块儿掷掷骰子玩。

他把木钥匙挂在他用最后一点儿钱租下的一间小窑洞的墙上，让美喀伊娜也进了洞，此洞之深，你若把一钵水放在里边，搁上三天也干不了，人的念头在洞内也一样，怎么也忘不了。

他俩同栖一洞的最初几天，他就发现要是他好声好气地跟美喀伊娜讲话，她就漂亮得好似天仙下凡；要是对她粗声粗

---

① 地名。
② 罗马宗教的主神，后与希腊宗教中的宙斯相混同。

气，她立时变丑。姑娘刚把鸟笼在窑洞门口挂好，就唱起歌来。她的歌喉没有颤音，却瞬息万变，从最轻微的声音一下子拔高到最洪亮的声音，从慢板一下子变为快板，从高音部一下子转到低音部。还有一件事也使他惊诧莫名，那就是她做得一手好菜，简直可以跟某个人媲美。他把这个看法告诉了她，她回答说：

"这某个人就是俄底修斯①……每个女人都必须有一样菜做得特别好，这是'她'的菜，她的看家本领，而且独此一家，别无分出。每样菜都拥有它自己的歌。譬如说吧，用葡萄酒加

---

① 希腊神话中的伊塔刻王，以聪明、多才、坚毅著称。

土茴香做浇汁的鱼子酱，你是嗜之如命的，这道菜最爱听鱼之歌，只消一听这支歌，这道菜就更加其味无穷了。"

于是她教会了他唱鱼之歌。她经常用亲吻把他吻醒，凿凿有据地告诉他，每个人都有他自己的夜：

"不但女人，男人也是一样，每个月都有自己的夜晚。换句话说并非天天的夜晚都是你的，你自己必须从所有的夜晚中猜度出哪一个是属于你的。然后你还得悟出怎样利用这个夜晚才对：用于爱还是用于恨，用于行窃还是用于仰望星空，用于复仇还是用于睡眠治疗。你尽可随心所欲地使用你的一个夜晚，可是你要明白，每个月只有两个夜晚属于你，而你能正确利用的只可能是其中的一个。要是你利用错了，哪怕是无意之中错了，此后也必会大病一场……"

"我干吗要花心思去猜哪个夜晚是我的？"

"很简单，以便净化自身。只有在自己的夜晚你才能净化自身。"

5

有天傍晚，他走进窑洞，只见满屋子都是乌鸦翅膀颜色的头发，连旮旯旯里都是，美喀伊娜跪在地上，解开来梳理的发辫好似帐篷罩在她头上，而她的双手则拢成贝壳状，伸向挂在墙上的木钥匙。

"合拢的掌心里全是被我们遗忘的字。"她还来不及把这句话讲完，他已把她满头青丝的真面目全部摄入眼中。她把合成贝壳状的两只手掌举到他耳旁，他听到掌心里有希腊文的字句、克尔特人①的诗篇和犹太会堂的赞美诗。

他掰开她双手，看到掌心中捧着一只会唱歌的海贝。他滚烫的皮肤碰到了她冰冷的手指，他就再也离不开她了。

"Cras，cras，semper cras …"她悄声说道，央求他教她穿男装。他们相互脱下对方的衣裳，又相互给对方穿上衣裳，他给她穿上他的男装，而她给他穿上她的女装。然后她把他的两只脚搁到她双肩上，把她自己的脸伏在他肚子上。

"一旦把东西放入口中，就祸福难料了。"他用双唇从她两只乳头上吸出两枚状似麦粒的小小的沙砾时，不由得想起这句话。据此，他知道她久已不谐鱼水之欢了。他扑到她身上，美喀伊娜顿时感觉到他身躯的延长部分已插入她身子，在她心口下膨胀和喘息。他甩掉饱含油橄榄和葡萄酒的种子之后，翻

INTER OS ET OFFAM MULTA ACCIDERE POSSUNT

身下来，仰睡着说：

"永恒而肮脏的心灵吞食着肉体。"

她打量了他一眼。但见他肚子上赫然横着一大条白晃晃、滑溜溜、张开鱼鳃的鳟鱼。

"心灵是什么？"他问。

"你听说过克里特岛上的迷宫②吗？心灵和肉体就是迷宫，"她轻声说道，"因为迷宫是有心灵和肉体的。迷宫的众墙便是——肉体，通至中央或不通至中央的小径是——心灵。进——是生，出——是死。一旦众墙倾圮，留下的只有通至中央或不通至中央的小径……"

他俩并卧在木钥匙下，默默地不再交谈。阿耳卡契的思想已远远离开她，神游于一千三百五十六海里之外。他在帕特莫斯③岛海滨，同一个发似白翎的小伙子洗海水浴。

"你就是渡船上的那个女妖！"他忽然说道，"据说，你们妖魔鬼怪能梦见未来。未来是什么？"

"Cras，cras，semper cras."这是他听到的回答。

他一再问她，怎样才能得知梦的启示，怎样才能预见未来，可是美喀伊娜不肯详谈。她的回答十分简短，而且难以猜度，比如："你去听听我鸟笼里的声音吧。"

---

① 克尔特人，亦称高卢人，古代印欧语系的部落集团，公元前一世纪后半期居于今西欧及捷克、匈牙利和保加利亚部分地区。
② 位于地中海，属希腊。"克里特岛上的迷宫"典出希腊神话。
③ 希腊爱琴海佐泽卡索斯群岛中最北最小的岛屿。《圣经》中作拔摩岛，罗马统治时期为流放地，最有名的流放者为第四福音的作者约翰。约翰在其所著的《启示录》中称，他在拔摩岛见到人子显灵，须发皆白。

阿耳卡契觉得好笑，因为笼子里空空如也。然而从笼子里的确时不时传出哀号声，或者杂有铮铮作响的金属声的笑声，或者交欢时的呻吟声，或者风声，或者涛声。然而所有这些声音都没有回答他关于未来的问题。临了，美喀伊娜终于说出下面一席话：

"在每一个梦的梦底，都非常非常深地深藏着做梦人的死亡。因此深沉的梦，我们一醒过来，就忘得干干净净，这是因为人的过去与未来都活于神秘之中。两者一离开神秘，不管怎样都必死亡。我们的未来，是我们所不解的异邦语言。未来乃是有待我们去开拓的广袤的大陆。也许，未来就像是大西洲①。那边不流通我们的货币。连我们的观念也分文不值。每当我们笑或者哭时，未来便可看见我们。而在其他情况下，未来就不认识我们了……记住我这句话：倘若我看到未来，决不等于说，我会构筑这个未来！我讲给你听一个秘密，未来之可憎丝毫不亚于过去，虽说我同未来过从甚密，我可并不老是站在它一边的……《圣经》上说：'只有地与海有祸了，因为魔鬼知道自己的时候不多，就气愤愤地下到你们那里去了。'②"

"如此说来，今晚是你的夜晚？"阿耳卡契猜中了，立刻不再去听美喀伊娜讲的话。

---

① 古希腊传说中的大西洋上的大岛，后因地震沉没，是为"大西洲之谜"。
② 见《圣经·新约·启示录》第12章12节。

CRAS CRAS SEMPER CRAS

6

第二天，他取出骰子来玩。美喀伊娜一次也没猜出多少点，没有赢过一局。为了安慰她，他馈赠给她一个大项圈，项圈上挂着他所有钥匙中最漂亮的一把钥匙。她把项圈戴到脖子上，动手做起女红来。

她没有停下针线活，教诲他说：

"倘若你想未卜先知，你就不要先去看你做的男人梦。谁想获得开启未来的钥匙，就必须学会既能看到女人梦，也能看到男人梦。而且还要学会区别这两种梦。"

"女人的梦是怎么样的？"

"我原以为你对这种事不会感兴趣。你的行当是——制作并打造钥匙或者硬币，这两件东西的生命是可以持续到明天或者新帝登基的。我这就来教会你别的本领。未来，你必须自己去预见。为了预见未来，不必往眼睛里擦土茴香、芹菜等等蔬菜的毒汁。明天会是什么样子的，你可以在别人的梦里获悉。"

"Cras，cras，semper cras." 他重复说。

"别人的梦也罢，别人的未来也罢，都是可以盗走和偷走的。我这就来教你怎么窃取别人的梦。你如果愿意，也可以把我的梦偷走。盗梦必须趁患病的时候，最好是行窃者和被窃者都生病。你坐到睡者身旁，等他沉入梦乡，立刻吻他双唇，把吻连同他刚做到一半的梦，像狐狸叼走母鸡那样，抓过来就走。我把盗来的梦通通关在鸟笼里。什么时候我心情好，就把这些个梦像鸟一样放出笼去，让它们各奔前程。鸟笼里既有男人的梦，也有女人的梦。你可以清清楚楚地听见他们在……可你的梦，我不把它们关进笼子。我把它们珍藏在海贝里……"

"你在缝些什么？"阿耳卡契冷不丁问。

地上铺满了五颜六色的衣服，肥大得出奇。有用红羊毛缝制的披风，有湿桂皮色的裙子；有嫩青苔色的衣服，还有烧烫了的蛋白石色或者冷却了的血液色的各种服饰。裙子显然不是供美喀伊娜自己穿的。因为尺寸非常之大。

"这都是给我们的家穿戴的，"她解释说，"我想给我们的家缝制最名贵、最豪华的服饰……我知道你很快就会撂下我走掉。趁你眼下还在这儿，把我们的家打扮得漂漂亮亮的，比谁家都强……"

她目不转睛地凝视着他，她感觉到由于她的目光，由于她双腿的动作，由于她头发的芳香，他体内的种子在苏醒，在增多。后来，她感觉到了他的种子怎样在她体内沸腾，好让她怀上一个女性胎儿。他责怪她说：

"别在碟子里剩下吃的，这会叫我们变成穷光蛋的！"

"我还巴不得穷呢。"她回答。

阿耳卡契朝美喀伊娜脖子上那个挂有钥匙的项圈睨了一眼。青铜发黑了。

"你怎么啦，病了？"他着急地问。

"你难道没有看出来？接连两个夜里，我都梦见有样东西打我枕头旁晃过，你梦见什么？"

"我已经有三天像死了一样。"

她微微一笑，动手梳理头发。

当她在那里编辫子并把辫子盘在头上的时候，他靠着一把锥子和一小块炭，在一块陶制的破瓦片上画下了她的头像。肖像上她的头发被头盔紧紧地箍着。

"阿耳卡契，我不爱你，"她一边说，一边摆弄着橄榄枝，"我爱另外一个人。"

"那人是谁？"

"我自己也不知道。我还没有见过他。只是听到过他的声音。他在你的梦中用一种古怪的声音呼喊，那声音不是你的，那声音叫我心惊肉跳。几天前的夜里，我跟你正在做爱，忽然响起了这人的声音。一到夜里，他就从你的肉体里呼唤我上他

29

那儿去。我爱的是他，而不是你。但是你如果同我分手，你就会失去你自己，比失去我还要快。"

作为回答，阿耳卡契把那块碎瓦片翻过来，画了一幅她的全身像，她手里拿着根橄榄枝。

她闷闷不乐。他发觉后，便把她抱在膝上，给她讲硬币的知识解闷。他拿起块银币，上边镌有一头狮子，他说，这表明这种钱在弗拉维王朝①第四军团驻屯的辛吉杜奴姆城一带流通。他讲给她听，硬币上哪里标有铸造此币的年代，从哪儿可以看出铸造地和由哪个铸币厂发行——是 Siscia②，stobi③，还是 Viminacium④。

美喀伊娜端详着刻在一枚铜币上的公牛——这是克劳狄王朝⑤第七军团货币的标志——陷入了沉思，她想到：狮子是太阳神的居所，而公牛则是维纳斯的住处，渐渐的，她睡着了。

阿耳卡契等到美喀伊娜的整整一群奔驰的梦尚未折回西方归巢，连忙用一个吻夺走了她未及做完的一个梦。她泪流满面地醒了过来，然而他已经把掳获物盗走，这下子他清清楚楚地看到了一切。

美喀伊娜的梦竟是两根古怪的线，当当有声地浮游于空

① 公元 69—96 年的罗马王朝。
② 今克罗地亚锡萨克市雇车国内，读："悉斯佳亚"。
③ 今马其顿境内瓦尔达河（前南斯拉夫和希腊的河流，注入爱琴海）上的古希腊城市，读："斯托皮"。
④ 即维弥纳佶乌姆城。
⑤ 公元前 10—公元 54 年古罗马朱里亚·克劳狄皇帝（41 年起）的王朝。

中。后来飞来了一只小箱子。小箱子自动开启，于是阿耳卡契看到箱子内盖上印有一排排金字和数字，然而他不识这些字。

翌日清晨，美喀伊娜问他在她梦中都看到了些什么。这个梦与他毫无关系。他就是这么告诉她的。此后，他打开鸟笼，放走了所有的梦。也放走了她的梦。

7

刚一交秋，阿耳卡契便发话说：

"过去，我们生活得匆匆忙忙，因而对我们来说时光的流逝是缓慢的，这是因为我们超越了时光。现在我们生活是优哉游哉，于是我们的时光流逝得越来越快……美喀伊娜，咱俩游手好闲得够了！收拾行装，明天咱们就去维弥纳偌乌姆城。"

他打墙上取下木钥匙，拿到集市上去卖了。回到家门口，发现美喀伊娜为他俩的家所缝制的衣服都已穿在他俩小小的窑洞上。他喊她，没有人回答。阿耳卡契扯下这些衣服，走进屋里，不见一个人影，却见那个挂有钥匙的项圈撂在床上。阿耳卡契晓得大事不好，拔腿就往集市跑去，可是他没找到那个买下木钥匙的人。

整整两天，他问遍了所有的人，什么也没打听出来。第三天，有个人告诉他说，那个买下钥匙的人上了渡船。还说，跟他一起的还有个姑娘。他急忙朝河边走去，可是半道上停了下来，因为他看到有一大帮人正慌慌张张朝他跑来。在达奴维渥斯河的彼岸，有好几群蛮子拥向河边，打算渡过河来。可以看清他们的脸，他们的马匹，狗和他们掳掠来的妇女。大家都知道蛮子是不知征战为何物的。他们是乌合之众，抢点儿东西，烧点儿房子，捕猎点儿野兽，杀点儿人，一路上抓点儿女人，同她们睡上一觉。他们随时随地都想到什么就做什么。向他们开战是徒劳的。他们到处见孔就钻，跟泛滥的河水一模一样。对付他们只有一个办法：远远避开他们，等他们走了再回来。

阿耳卡契在河边耽搁了一整天，自己也不知道为什么迟迟不采取行动。临了，他终于决定渡河去对岸寻找美喀伊娜，哪怕到蛮子中间去找也在所不惜。虽然他已得悉弗拉维王朝第四军团已弃守这片河滩地，他还是用卖木钥匙得来的钱买了把剑。然后他走到岸边，准备渡河。然而摆渡船停在对岸。未及逃跑的旅人都站在他身旁齐膝深的污泥里。大家都望着北方。

就在这时，他们看到对岸有名骑手，跨在一匹牡马之上，驱马下水，然后飞马跃上泊在河中的渡船。他没有下马，驾着渡船朝着手持利剑站在河边的阿耳卡契冲来。可以清清楚楚看到水流怎样把渡船上的孤身骑士向此岸送来。后来，大家又清清楚楚地看到那骑士手持出鞘的马刀，平放在坐骑头上。阿耳卡契明白了，那骑士是渡过河来放火的，因为刀背上燃着七支蜡烛。一靠到罗马岸边，那骑士便不慌不忙下得船来，用马刺刺了坐骑一下，朝拥在岸边的人驰来，七支蜡烛依旧立在刀背上，散发出一股刺鼻的猪油气味。那蛮子冲到手持利剑、严阵以待的阿耳卡契跟前，大吼一声，以迅雷不及掩耳之势，把马刀从七支蜡烛下抽出，凌空将每支蜡烛一劈为二，随即又迅捷地接住蜡烛，七支蜡烛的火焰竟没有一支熄掉。

见到这一情景，阿耳卡契和所有在岸边的人撒腿就逃，逃了足足三天三夜，总算逃进了维弥纳佶乌姆城。

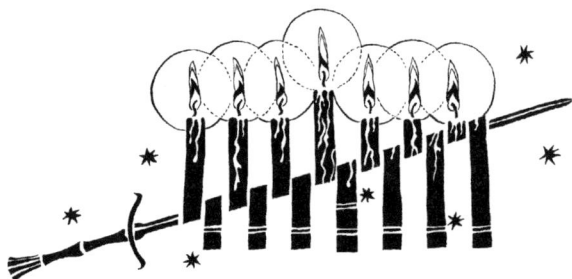

"这家伙别说用马刀，就是用发硬了的面包皮，也能把我这样英勇善战的人拦腰斩断的。"阿耳卡契在逃命时想到。

在维弥纳佶乌姆城，他碰到了那个渡船上的老相识，就是那个奴隶，他肩上依旧飞旋着那只黄蝴蝶。

"Cras，cras，semper cras …"他照旧重复说，同时微微地笑着。他领阿耳卡契去见铸币厂的一位师傅，给那人看了阿耳卡契这个小伙子所造出来的一把钥匙。厂里接纳了这个新手，分配他轧剪打造铜币用的铜坯。

阿耳卡契挺喜欢这活儿，因此干得非常勤奋。他的老相识死后，厂里便让他接替死者打造镀银的青铜币。这种货币就叫作 nummi mixti。

只要一挤出空来，阿耳卡契就上集市去听听人们都在说些什么，并且到处打听有谁见到过一把木钥匙，谁碰见过一个头发非常之长、头发颜色像乌鸦的翅膀的姑娘，为了寻访美喀伊娜，他在大街小巷和广场上耐着性子去听形形色色讲故事人的海吹神聊。有的人情节编得十分精彩，却不善于敷衍陈述。另一些人恰恰相反，什么也不会编造，却能把听来的事绘声绘色

地复述出来。第三种人连前两种人的本领都没有，却善于以讹
传讹，在众多没有口才而本身却是街谈巷议的话柄的人中，有
一个戴着顶鱼鳞帽的人。正是这人告诉阿耳卡契，他在攸克辛
海①海滨一座神坛的墙上看到过一把巨大的木钥匙。

　　此时阿耳卡契已经娶妻并生下一女，取名弗拉吉拉。阿耳
卡契娶妻纯属偶然。有天夜里，在一条窄巷中，有个要去办件
急事的姑娘匆匆地打他身旁超过，扭动着屁股在他面前赶路。
他按照希腊人的习惯，拧了她屁股一把。那姑娘摺下拿在手里
用以存放七魂六魄的小枕头，操起手来，扇了调戏她的人一耳
光。阿耳卡契顿时幻觉出美喀伊娜在渡船上扇他的那记难以忘
怀的耳光，等不及弄清对方是不是美喀伊娜，就把她按倒在
地，让她怀上了弗拉吉拉。自此他们一家三口便落户维弥纳佶
乌姆城。阿耳卡契正式当了币坯浇铸作坊的工人。这可不是什
么招人喜欢的行当，因为伪币制造者也往往采用这种方法。再
说，硬币上的肖像又模糊不清。阿耳卡契不喜欢这个活儿……
于是他未加思索，就离家出走，顺河而下，去攸克辛海寻访美
喀伊娜。

---

　　①　黑海的古希腊名称，意为好客海。

8

他驾着一艘双尾海船,唱着鱼之歌,向前航去。一个素昧平生的女郎,戴着一顶鱼鳞帽,来到了她跟前。看来,是歌声吸引她来的。他看到她的双乳上长着硕大的乳头,而且像指头那样戴着戒指。乳汁好似蓝色的泪珠,穿过戒指潸然而下。他想把女郎搂入怀里,可她推开他,告诉他说,她不可开戒,因为血不许她与人交欢。他以为她是指女人的信水,可她解释说,她是威斯塔女神的女祭司①,她身上有神的血。"Sangreal②."她加补说,从嘴里掏出一颗鲜红的小宝石。

"这是什么?!"他诧异地问。

于是女祭司把宝石的来历讲给他听。这种"极品宝石"是神的一滴滴血。威斯塔女神的女祭司把这种宝石代代相传已有三百年。每逢各地神坛举行仪式,便把这种宝石含在口中诵经。因此有些宝石被磨去许多,变得很小,而有些宝石由于使用较少,就较为大些。最名贵的一枚小红宝石现藏于巴勒斯坦的一座神坛中。宗教传说称,这枚宝石属于一个名叫马格大利娜的女祭司。马格大利娜早已死在加利利③,但是她在远渡重洋去异邦之前,已把她含在口中诵经的宝石托付给了她的同胞……

听完宝石的来历后,阿耳卡契向女郎打听墙上挂有一把木钥匙的神坛在什么地方，她回答说，她知道这座神坛，海船驶去的方向正是这座神坛的所在地。

他俩上岸后，阿耳卡契的女旅伴指给他看一座悬岩，说在那下边可以睡觉，做梦。

"人睡着后做梦，"她说，"就意味着在另一种生活中醒了过来。"

此后，他俩去滚水泉，畅饮了滚水，那是知识之水，又去观看了城堡大门，凡穿过这扇大门的人，四十天后必死，还去参观了铜打谷场，打谷场上有十匹马在脱粒。他在悬岩下同女伴告别，这座巨岩悬在半空中已达千年，因为所罗门王下令恶鬼们把它托住。岸边还有一座悬岩，终年流水不断，而且永远会流下去，哪怕把这座悬岩迁往别处。

然而阿耳卡契根据女伴的指点，并未找到他要找的神坛。路人告诉他，神坛筑在地下。他一踏进地下神坛，就看到墙上挂着把木钥匙。可这把钥匙比阿耳卡契去维弥纳佶乌姆城之前卖掉的那把要大得多。他向先是在路上碰到，后来方知是神坛中的女役的女郎打听，她们当中有没有一个叫美喀伊娜的姑娘。女役回答他说，这里没有这个人，说他千里迢迢寻访这个

---

①　古罗马供奉炉火女神威斯塔的女祭司。女祭司皆由皇帝以大祭司身份亲自从十岁处女中选出。十年学艺，十年供职，十年传授技艺。四十岁之前严格持守贞节，犯者活埋处死。四十岁后还俗出嫁。

②　拉丁文，意为：血晶。

③　巴勒斯坦北部地区。按《圣经》中四福音书的说法，加利利是耶稣基督布道的主要地区。

姑娘是白费心机，倘若这位姑娘起了神圣誓愿的话。还告诉他，他可在这里吃顿斋饭。

他又劳累又灰心丧气，可他还是跟其他来神坛的人一起，把神坛里的供品搬至炉火上，然后坐到一张木桌旁，等用斋饭。最先端来的是盏点有灯芯的四底座油灯。后又端来一钵麦饭，饭里插着七根外缠羊毛的筷子。临了端来一只碗，盛有用葡萄酒加土茴香做浇汁的鱼子酱。他立刻凭气味认出了这道菜。

"真正是：一旦把东西放入口中，就祸福难料了。"他想道。这不就是美喀伊娜擅长烧的那道菜吗？

他像发了疯似的一跃而起，飞也似的跑去找刚才告诉他神坛里没有美喀伊娜其人的女役，苦苦央求让他去见他寻找的人。后来他明白他再怎么央求也是白费，便高声叫唤美喀伊娜的名字，扯开嗓门唱鱼之歌，终于精疲力竭，瘫倒在一棵树的树阴下，可是双手还牢牢捧着那碗浇汁。

神坛的朝拜者惊异地望着他。他发现朝拜者中有个男人带着个小姑娘，那小姑娘的面相跟美喀伊娜十分相像。他猛然想到，他们很可能也是来见美喀伊娜的。

"要是他俩是美喀伊娜的丈夫和女儿，那可怎么办？"他问自己。小姑娘望着他，她的笑容显得比她的年龄要老相得多。阿耳卡契正想跟父女俩招呼，那陌生男人忽然大叫道："快看！"随即伛下身去，打阿耳卡契脚旁的沙土里捡起一只镶有大宝石的戒指。

"这是个好心人，我跟他一起拾到了宝石戒指！"陌生人给小姑娘解释说，然后掉过头来对阿耳卡契讲："让咱俩平分所拾物吧！你收起这枚戒指，因为是打你的脚边拾到的，你呢，谢我一个银币。"

阿耳卡契感到为难，他是金属制品的行家，他立刻判断出戒指是不值一文的赝品，由陌生人捏在手心里随身带来的，那人装作在沙土里拾到这枚戒指，向轻信者骗取金钱。这使他很难过，因为像这样的骗子，如果真是美喀伊娜的丈夫的话，美喀伊娜就是遇人不淑了。

这时，已与他交谈过两次的神坛女役走到他身旁。她头上戴着鱼鳞帽。她告诉他说：

"当心，别在这棵树下睡着。谁要是在这棵树下睡着，七十年也醒不过来。还有，你也不用再为你的美喀伊娜担心。要是她跟神的儿子走了，那她就有福了，因为她成了神的新娘。"

随后，她指着挂在地下神坛中的木钥匙，说：

"木钥匙的标志是——鱼，所以现在美喀伊娜头上，跟我们所有人一样，戴着鱼鳞帽。她再也不是美喀伊娜了，再也不是你的新娘了。如今她的新郎是——神，神就是万人之上的皇帝，就是开启未来的钥匙……我并不知道你的美喀伊娜现在在什么地方。"她加补说："然而我知道，她所听到的定是你所听不到的……她能看到的定是你所看不到的。她看得非常之远，比任何女人都看得远，比你们男人也看得远。她能看到未来。你要把你的美喀伊娜当作寓言故事中的无花果去想，当无花果的树枝覆满绿叶时，你知道吗，夏天快到了。"

"那我呢？我该怎样？"

"你也戴上鱼鳞帽，把你献给美喀伊娜的神。"

"可我要的是美喀伊娜，而不是神！神是什么？"

"神——是爱！"

"打哪阵子起，维纳斯变成了个大老爷们①？"阿耳卡契气呼呼地抢白了她一句，便起身去找他那条海船，准备回家。

他在神坛碰见的那个男人和小姑娘已坐在他的海船之中。阿耳卡契心想，可以从他们那里打听到美喀伊娜的下落，所以对他们乘他船未置一辞。他抚摸着小姑娘的脑袋，想悄悄地闻闻她的掌心，看有没有美喀伊娜的汗味和香油味。可万万没有料到小姑娘竟会摸他披风里的那活儿，而且立刻把身子挺得直直的。

"这会儿，"她悄声说，"你先去我父亲那儿，可事后别忘了我，大家都愿意跟他待在一起，却把我给忘了……"

---

① 因爱神是维纳斯，而维纳斯是女神，故有此言。

就在这一刻，阿耳卡契感觉到陌生人的一只铁爪在抚摸他的肩膀，那人问他为什么要纠缠他女儿。阿耳卡契窘得不知所措，可还是讷讷地问：

"好心人，你知道美喀伊娜在哪儿吗？"

那人把嘴巴嘻开到耳根，笑着说：

"没准儿，也许知道，可是谁讲得清呢？要是你跟我亲热点儿，狠狠地疼疼我，不定我会告诉你！"

他的手也伸进了阿耳卡契的披风。一边在那里摸索，一边喃喃地说：

"我有两只脚，而且都是左脚……我要像驯服野马那样把一道很小的缝儿驯服……"

当陌生人躺在他身下开心得像猪一般哼哼直叫的时候，阿耳卡契想从他的头发和衣服上嗅到美喀伊娜的气息。他铁了心，只要能和她重逢，哪怕只是有一丁点儿可能重逢的迹象，他也一定赶往攸克辛海，甚至天涯海角。然而那个陌生人身上没有一丝一毫美喀伊娜的痕迹。他身上什么气味都有，就是没有美喀伊娜的气味。阿耳卡契没找到他要找的东西，而那陌生人却央求他继续已开始的事儿。阿耳卡契一把将他推开，他怨恨地说：

"难道你认不出我了？我正是美喀伊娜！蛮子砍掉了我的夫君，就是说那小女孩的父亲伊皮克的头颅。我便下到这儿的冥国，就是在这儿伊斯特尔河口——瞧，我们的船正驶过这地方。我求冥神还我夫君的头颅……他还给了我。换下我的头颅。我回到阳世我女儿身旁时，我肩上扛的是我恋人的头颅。

也就是说，我肩上扛的是伊皮克的头颅。而我的头颅留在冥国
了……"

陌生人又在哄骗他。

已经深夜了，从岸上传来喑哑的吠声，这是狗在梦里边
叫，没张开嘴。阿耳卡契置身于悲痛之中，一如置身于海船之
中，而置身于海船又好似置身于麻风病院。他思忖：人的心灵
犹如餐桌上的菜肴，有凉的，有热的，有加辣的，有做成稀汤
的，比如菜豆汤，有白菜炖兔肉式的，也有蜜糖型的……而他
的心灵此刻更像稀汤。就在这一刻，他梦见了美喀伊娜，她搂
着他，使他又成为男子汉，并打他身上取走了少许男人的
种子。

早晨醒来，他心情轻松多了，他想，谁知道呢，兴许她此
刻正在远离此处的什么地方，用这些种子培植我俩的孩子。

9

阿耳卡契回到维弥纳佶乌姆城，发现铸币厂已经关门。铸币厂已停止铸币。是罗马皇帝戈尔里安[①]登基后的次年将其封闭的。等了一年，未见铸币厂开工，阿耳卡契便携带妻女前往斯托皮城，由自己来模压硬币。到斯托皮城后，他改用虎钳制币。虎钳一边为硬币正面模型，一边为反面。他先把铜坯准备好，裁剪好，然后将其烧到可锻的状态。这时，他把一块块烧红了的币坯放到虎钳里，将钳合上捶打。铜币就制成了。

表面上看，他对这样的生活心满意足。可是他妻子发现，她夫君往往进入梦乡之后，忽然间头发全部变白，可一两分钟后又恢复到本来的颜色。这是衰老的短暂发作，是目前尚埋于心底的恐夜症的一次性萌发。

有天夜里，他吓醒了过来。是美喀伊娜托梦给他，向他询问："我俩共同生活了多少年？"

他屈指一算，两人同床共枕了一百年整。然而吓着他的并非这件事。吓着他的是，他猛然醒悟，他久已不住在维弥纳佶乌姆城，而是住在斯托皮城。要是现在美喀伊娜突然想找他，就找不着了。她不知道他居住在什么地方。

于是阿耳卡契决定立即采取措施。他申请另做一种硬币模子。

他把当年用锥子和木炭画上美喀伊娜头像的那块破陶瓦放在面前，将头像临摹到模子上。于是在帝国各地便流通了一种斯托皮城锻铸的铜币，铜币上有个女人体，其脸部是美喀伊娜的像。这个女人是和睦（Concordia）、幸福（Fortuna）和富裕（Abundantia）的化身。

阿耳卡契一听说维弥纳佶乌姆城的铸币厂复工，立即举家迁回该城。厂里让他制作一种颂扬图拉真②的皇后的银币，银币上的 Herenia Etruscilla③ 的像实际上取的是美喀伊娜的相貌和发型。

阿耳卡契按惯例在银币边上刻下铸币地点。那么美喀伊娜

---

① 戈尔里安（218—268）：罗马帝国皇帝，公元253年即位。
② 图拉真（53—117）：古罗马安敦尼王朝皇帝。公元89年即位。
③ 拉丁文，意为：希腊的海伦娜。

一看到银币上是自己的像，就明白这是阿耳卡契铸造的，她要是突然间想同他重拾旧好，便知道上哪儿去找他了。

然而这是他一厢情愿。他发出去的信息好似泥牛入海。镌有美喀伊娜头像的硬币起初由斯托皮城，后来由维弥纳佶乌姆城发行至帝国各地，都劳而无功。年复一年，美喀伊娜音信全无。

阿耳卡契久已觉得自己老了十岁，然而实际上却并未见老，他仿佛驻足于未来，在等待着自己和理应追上他的岁月。他在脖子上挂了一大串辣得像一捧火似的红辣椒，用于进行一种特地设想出来的操练。他打算把每一个念头，待它稍一露头，就连根铲除。他用刚刚生出的念头去铲除一刹那前所生出的念头，好似将两块砖头对撞。渐渐地，面对自己的感情器官，他已落得手无寸铁。该由气味，形状，声音和触觉来铲除他的念头了。

"念头不过是心灵的调料而已。"他总结说，于是重又照青年时代那样，拼读所有的题铭。他好像在寻找什么。而且终于找到了。他在一个浴场上读到如下一句用马赛克镶嵌成的话："Sic ego non sine te, nec tecum vivere possum."

天黑前，他把这句拉丁文的话译成希腊文，于是明白了这句话的意思是："无论有你还是没有你，我都活不下去。"他大为震悚。这句用马赛克嵌成的话正是对他而发的，讲的是他的命。

就在这当儿，发生了一件阿耳卡契本人无法看到的事。在他左肩上出现了一只娇小的蝴蝶。蝴蝶像狗一样跟随着他，寸步不离，可是阿耳卡契本人却看不到它：恰恰是他本人看不到这只蝴蝶。然而他的女儿弗拉吉拉却看得见。

蝴蝶出现后没几天，就有一个人来找阿耳卡契，交给他一球红羊毛。这事发生在春天的一个深夜，可以听到不远的地方有个女奴在教一只学舌鸟说话。那鸟看来不怎么聪敏，不但学得挺吃力，而且常常闹错。

"这是一球羊毛，美喀伊娜捎给你的，"来人说，"这是她唯一的遗物。她在十天前死了。"

"死在什么地方？"阿耳卡契问。

那人没有回答。

来人自己也什么都不知道。他是受朋友之托，他朋友得知他要去维弥纳佶乌姆城，就求他代劳……

10

美喀伊娜既已作古，阿耳卡契的寻访便自行告终。

他前往达奴维渥斯河的岸边，步入当年渡船上那件事后同美喀伊娜邂逅的小酒馆。

伊人已去，而景物依旧，店堂内仍然陈列着木鸭、木鸡、木兔、木蛋、木山鹑、木乳猪，以表示这都是酒馆能供应的菜肴，他呆呆地看了它们半天，没能得到丝毫慰藉。忧伤好似病

魔一般锲而不舍地跟随着他，于是阿耳卡契抛弃了铸币厂的差使。

"Cras，cras，semper cras！"他喃喃地自言自语。

他携带妻女回到密迪安那城，只觉得他的心灵已经失重，既不能像掷出去的石块一般坠落在地，也不能如投出去的梭镖那样飞入空中。

他不知道拿他的心怎么办。

他常常去拿苏斯城郊的河边，等下午四时风起，刮得河水停留片刻。他站在岸边对河伤逝，以致头痛欲裂，不一会儿河湾和沼泽便发出阵阵尸臭。他把一枚镌有美喀伊娜像的银币掰为两半，以供美喀伊娜在阴间花费，因为凡在阳间分裂的钱币，到了阴间便会合拢。这样一来，美喀伊娜死后也能得知阿耳卡契依旧在等她。

他柔肠寸断，悲痛欲绝。有天傍晚，他预感到美喀伊娜所说的"他的夜晚"已经来到。这是令他净化的夜。他马上悟出该怎么运用这个夜晚。

时值秋天，悲风习习，寒从中来。他凝望着眼前的萧萧落叶，谛听着身后树叶飘落的簌簌声，此情此景，好不凄清。他重又站在十字路口，重又向赫加特，向月亮女神①祈求保佑：

"我害怕在我心中失去的荒芜的花园，我不知道通至这些荒原的道路。飞集到花园中的鸟不是我挑选的，我的记忆愈来

---

① 罗马宗教中的月亮女神狄安娜又为树木之灵，森林之神。

愈老，它在往昔中愈沉愈深，而我又没有钩沉的权利……"

于是神告示他，在人的体内，汗液衰老得最快，心灵衰老得最慢。他的心灵至少比他的肉体年轻十岁。他已经五十岁，可他的心灵仍然只有四十岁左右。对肉体来说早已死亡的人，对心灵来说却还活着。可不，他的心灵至今还"不知道"美喀伊娜已不复人世！于是阿耳卡契突然把美喀伊娜当作活人看待。

他恨她，恨得无以复加。是她害得他终生不幸，害得他抛却差使，害得他家园破碎。由于这恨，有天早晨他猛然觉得自己好似霍然病愈一般，好似大梦初醒一般，压在心头的悲痛已经不翼而飞。

他元气大振，心情也愉快了不少，眼中突然出现了身边的亲人，他注意到了妻子，发觉她几乎变得认不出来了，随即又奔上楼去看女儿。

一踏进女儿的房间，他就目瞪口呆了。满屋子都是乌鸦翅膀颜色的头发，连旮旮旯旯都是。在头发织成的帐篷下，他看到了一个跪着的女人的胴体，她把双手拢成贝壳状，伸向前方。她头上戴着鱼鳞帽，而在她前面的墙上赫然挂着一把木钥匙。

阿耳卡契高兴得大叫一声，连忙分开帐篷般的头发，看到头发下边是他的女儿弗拉吉拉。

"合拢的掌心里全是被我们遗忘的字。"她含笑说道。她的双眼目不转睛地注视着阿耳卡契肩上那只颤动着翅膀、好似一摊月光的蝴蝶。

父亲掰开女儿合拢的手掌。掌心中有一球红羊毛。

弗拉吉拉在他的目光下，慢慢地捅开羊毛球，一球羊毛统

统捅光后，阿耳卡契看到了七枚硬币，这是美喀伊娜自己藏在羊毛球里的。这七枚硬币正是他锻铸的，正是他把他生死不渝地爱着的那个女人的容颜镌刻在这七枚罗马帝国的硬币上的。

其中铜币六枚，银币一枚。硬币上都刻有铸造此币的城市名。

戴骢　译

突尼斯式的白色塔笼

献给雅丝米娜·米哈伊洛维奇

人的思想就像房间，有豪华宫殿那样的，也有顶层阁楼那样的。有满室阳光那样的，也有黑不见光那样的。有些房间能看到河流与天空，有些房间正对着通风口或地下室。而语言就像房间里的物体，它们能从一个房间被搬动到另一个房间。我们的思想就是我们的房间；不论是宫殿穿廊式那样的，还是营房那样的，都有可能是他人的住所，而我们只不过是占了一个角落的房客。有时候，尤其是在夜晚，我们待在上了锁的宫殿门前，无法走到房间外头去，我们被拘禁在思想黑暗的地牢里，直到现在梦还没有来拯救我们，让我们获得自由。但梦就像媒人那样，要等待时机成熟才会到来，而在此之前，我们被失眠所控制。据说失眠有两种，它们就像是两姊妹。其中一个，会在你难以入眠的时候到来，而另一个，会在你夜半惊醒的时分降临。第一种是谎言之母，第二种是真理之母。

从那时起我就是一个人生活，失眠症愈来愈频繁地折磨着我。我凭借一种锲而不舍的方法与它们斗争。当我躺在床上，一切都是在我的头脑中进行的，这与我装潢设计师的职业有关。一开始我会在城里选择一栋最适合我的房子，比如说，选一栋建在麦秸上的房子，麦秸能阻止恶灵从地下上升到房间里。找到它以后，我开始每天晚上在想象中为其翻新并装修这

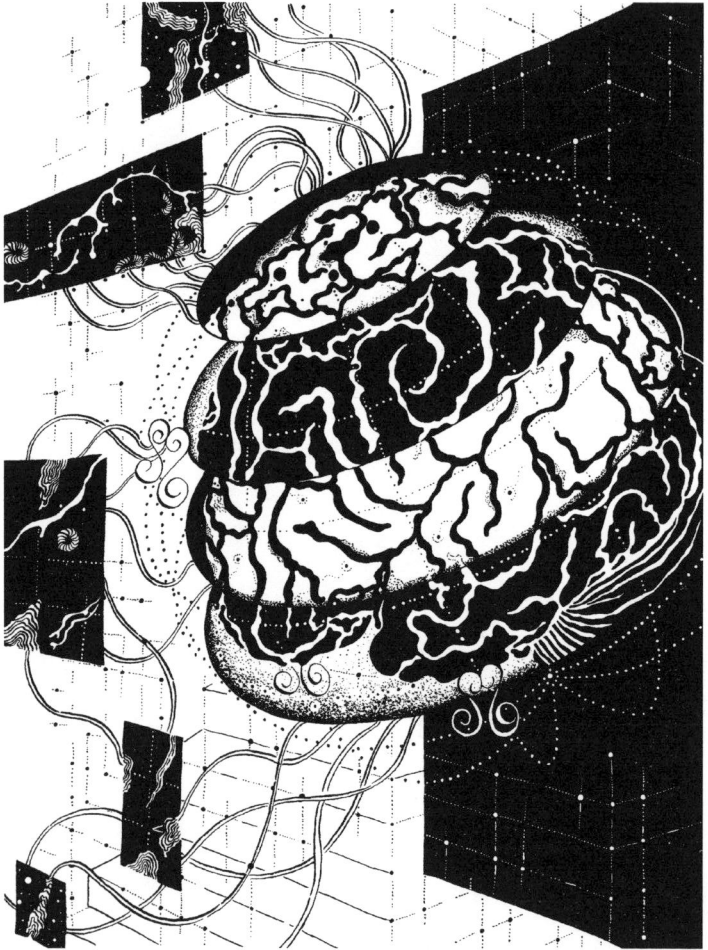

间房子。我给它配置自己虚构的家具。我装修房间并不只是为了能让它显得更好看，我是在为一个特定的人设计室内装潢。仅仅为她一人。这是一栋献给 Я. M. 的房子。

事情就这样开始了……

有天晚间散步的时候，我注意到一幢别墅，后来我详细了解了它可能有过的历史。房子就位于马尔克·克拉列维奇街的头上，这条街从萨瓦河的码头一直延伸到泽列尼·维纳兹大街，而且朝向不正，以避免风吹进屋子。房子的正面装饰着十字架形的窗户，这种装饰现在已经很少见了。房子不是建在地基上的，而是建在一个与其他 9 不同的"活的数字 9"上面，房子被称为"卢卡·切洛维奇之家"，正如参考书（格·格尔季奇，Б. 布约维奇）上确认的那样，说它是 1903 年按工程师米洛什·萨夫齐奇设计的平面图建的，是带有非巴洛克元素的新文艺复兴风格式的建筑。"这是一栋带有商业与家居用途的矩形建筑，配有地下室，有三层楼和带阁楼的房间。一楼的巨大开窗使建筑的主楼正面显得非常明亮，一楼现在已经开了许多商店，二楼窗户上则有许多楣饰，楼顶饰有带雕像的专业房檐和带古典老虎窗的阁楼……"进门处的上方有一枚写着 Л. Ч. Т 字母的徽章和一块石匾额，匾牌上面写着房子是赠送给贝尔格莱德大学的礼物。这个房子的所有者是著名的贝尔格莱德企业家卢卡·切洛维奇（1854—1920），他常年来是贝尔格莱德商会的主席，这个商会占据了附近最美的一栋楼，从这栋楼一出去就是一个名为小市场的广场。在克拉列维奇街上离这里不远的多层楼的拐角处立着切洛维奇的半身铜像，他看

着西南方向，特列比尼耶城的方向，1872年卢卡从特列比尼耶城来到了贝尔格莱德，他给自己买了土地，在城郊建造了几处美丽的房子。他还是塞尔维亚起义运动的创始人之一，他还在贝尔格莱德交易所做过生意并捐了一批科学设施。人们说他通过毛笔的声音就能猜到他的会计们在写什么。

与其数那些数也数不清楚的不知道什么时候买的鞋子，我决定在失眠的时候改造、布置卢卡·切洛维奇的房子。我知道Я. M. 喜欢的样式，而这对我有着决定性的意义。Я. M. 能特别准确地感受到正能量或者其他能量的"范围"，在大教堂和萨瓦河之间的城市部分被认为显然是好地段。在这里，在这个冬天吹走秋天，春天吹走冬天的窄窄的河岸上，Я. M. 才开始用自己现在的名字。一旦走出这个区域，她就成了另外的人，用另外的名字。简单地说，取决于卢卡·切洛维奇家族的宅邸。

可以意料的是走进这个住宅，我先是就像念咒语一样低语，按照Я. M. 名字的十七个字母，给十七个房间都念上一遍。

我承认，在此之前我完成了许多特殊的准备工作。当我每天都能研究Я. M. 的时候，我看她的手臂、手掌如何运动；我看她如何走路、梳头、抬头；如何晃动好看的肩膀和大腿；当她落座的时候，她的胸脯如何抖动，她的身体如何弯曲；当她像小线团一样卷成一团坐在椅子上时或者在奔跑的时候，她的脚如何移动，我看见当她早于所有其他人听到飞机轰鸣声和无声的炮弹时，她的头在侧转时僵硬了……然后我编了一本关于Я. M. 的小小的"动作词典"。我标记下每一个动作的特征。最困难的是要记下她的舞姿中从不重复的动作的特征。她总是一个人跳舞，连我也不给看，在舞蹈中她甚至变得更美丽了。我在我的词典里记下这些特征，就像尼金斯基那样的俄罗斯芭蕾大师在他们的乐谱中做的标记那样，为的是从我编的词典中能轻松找到任何动作。它变成了一种动作的目录，某个隐秘的字母对应着相应的动作的目录。这使人想起了计算机键盘，而这键盘控制着电脑游戏中人物的跳跃、步伐、奔跑或者手势，这种游戏我和 Я. M. 曾称它为"无文字的小说"。为了引导这些动作，我想出了各种形式的家具，因为静止的每个物体都能让我想到 Я. M. 的某个动作——打开门，推抽屉，拉下写字台的盖板。准备好之后，我开始布置房间的陈设，使它们符合 Я. M. 运动的习惯和方式。我希望在想象中可以想出她完成过的每一个动作、转动、手势，在她开门、上楼梯或者出门的时候……

每逢在夜里我都思考改变我的项目，我决定不改变房子正面。只是借助颜料的帮助把它清洗了一下。就像白瓶的贝尔梅特①，也像冒着泡、带点蓝色调的意大利葡萄酒。在上次失眠的时候我已经研究了卢卡·切洛维奇房子的内部装饰，然后决定现在翻修楼梯。我回忆起有一次在维也纳，在奥埃尔斯佩格②宫，Я. M. 沿着巴洛克风格的楼梯往上走着。这个楼梯从最高层的平台上分成典雅的两段式阶梯向下延伸。Я. M. 伸出手，

---

① 塞尔维亚葡萄酒品牌。
② 奥地利和斯洛文尼亚的贵族家族。

刚摸了一下豪华的金属栏杆，之后却突然缩回了手。我记得她转过身去，从最后一级阶梯的圆形边缘走下去了。贝尔格莱德的商业会所所在的楼里也有类似的楼梯，我突然想到，在卢卡·切洛维奇的房子里复制一个该有多好。有天晚上我缓慢地毁掉了在一层靠近出口的两个商店，这样就有地方修建两段式阶梯了，这个梯子的起头直接就是位于二楼的中央窗户，然后逐级向下，这样就方便多了。新的楼梯是石制的，用精制的生铁皮包住，扶手是用核桃木做的，这样金属的寒冷不会像在维也纳那样吓走她的手了。我躺在床上，吸气时能清楚地看到这座两段式阶梯，而在呼气时阶梯就消失了。

在被我破坏的商店橱窗的位置，我装了一些绘有两个Я. M. 和我说起过的梦境的彩绘玻璃窗，靠近入口左边的玻璃上，画的是关于云彩的梦。

　　"安宁的、繁密如苔藓的云彩遮蔽了整片天空。绿得就像是发霉了！"有人在近处说。城里的人们，仰天躺在草地上或者仰卧在自己的敞篷车里，看着云彩贴住了最高层的树尖。在大城市里青苔一直长到摩天大楼的楼顶，好像用铠甲围住了整个星球。有时这些庞大的、死气沉沉的毯子从天空的沼泽中向下延伸，整个被青苔覆盖的大地穹顶在这里开始晃动、下沉，因此人们开始头晕目眩。飞机也无法再飞行……"

在又一次失眠的时候，我在卢卡·切洛维奇的房子后面修了几个起居室，两个厨房，秋天和冬天用的；两个浴室，一大一小的。带有三个窗户的顶层阁楼被我翻修成了植物园，Я. M. 能在这里享用早饭或者抽几支自己喜欢的五颜六色的香烟。

结束了粗略的工作，我开始统一房间的外观。不能因为我的工作是在半夜时分躺在床上通过意识进行的，就认为我做不出我专业领域的日常的或者必须的工作。在挨着卡列梅格丹的卢尼奇五金工厂里，我预定门把手和门锁。在做项目设计的时候，我经常在那里买小五金件。但这次我订的东西很特别。其实也不存在两个一模一样的门把手。原因非常简单，Я. M. 每只手都有着长长的手指，每根手指都有自己的动作，每个把手都为她每个手指提供特定的动作。我带着喜悦心情仔细看着制作好的门把手，一个呈飞鸟状，Я. M. 扭动这个把手是为了打开大厅的门之后到上一层去跳舞；另一个把手是小提琴弓弦样式的，第三个看起来像中国的扇子。除此之外还有玻璃苹果状的、大理石球状的、山羊角的门把手，而为了卧室的门我特意准备了用能一直散发出森林气息的云杉木制作的把手。进门的把手是十一世纪罗马教堂的风格，按下按钮，门就会打开。所有这些开门的必须动作大约是 50 个舞步节拍，在一起构成Я. M. 最喜欢的"Ausencia"歌曲的旋律。

当然了，有时候我会在白天去看卢卡·切洛维奇的房子。这栋房子的情况并不太好，看起来也比在我想象世界里的样子差多了。一层小商店橱窗被灰尘盖满，在主要入口台阶的角落里站着个戴打补丁帽子的抽着烟的人。从烟嘴上发出潮湿的山

羊角一般的臭味，而抽烟的人耳朵上还挂着已经凝固干涸的没洗干净的剃须泡沫。所有这些都确实扫兴。

当夜晚降临时，我尽心竭力地布置这个房子里每一个角落。在卢尼奇的五金工厂里我订了五十对铸造的嘴唇，男人的留小胡子的和女人的涂着口红的，并把这些金属嘴安置在所有房间的墙上，并且连接着通风装置，它们替换了烟灰缸，吸收Я. М. 在房间里吐出的烟雾，收集起她随手扔掉的烟头。在第三层我拆毁所有的墙，建立了宽敞的"音乐室"，更确切地说，是带三扇朝向原来的小市场的窗户的跳舞厅。在这个舞厅里，Я. М. 可以伴着《月光》疯狂的节拍，尽情释放自己豪放不羁的舞蹈能量。舞厅的地板还铺设了绘有能让 Я. М. 愉快地回忆起来的沙特尔圣母大教堂迷宫形状的新地板，这一切都是为了舞蹈。

在第三层靠近院子那边的空间里我建了大洗澡间。样子像印度烟袋一样的门把手把你们带进一间几乎空荡荡的巨大的四方形房间。天花板被照得好像半掩云彩的天空。走上紫色和青黑色的石地板，你们就能看到铺着大红色防水被一样的水晶床的最深处。通过按按钮可以清洁浴室并控制雨水的强度和斜度。这样 Я. М. 就能躺在自己的玻璃床上在淋着热雨的状态下睡觉，或者，打开音乐，在《哈扎尔之路》的音乐伴奏下在大雨中跳起舞来，这正是她所喜欢的。我还记得她肩头的动作，仿佛从法老陵墓中陪葬的画像上走下来似的，这些画中的埃及女人一定要从侧面画。洗澡间的窗户——精致的水晶半球，和人一样高，进到这里，就像进到为了放海报的街头广告石墩里，在它的无光泽的玻璃上能清楚地看到 Я. М. 小儿子放大的照片。他站那里并通过一根吸管喝着可口可乐。

在二层 Я. М. 的办公室里我给天花板上系上了藤椅，藤椅上用带有马镫和鞍桥的马鞍子代替了坐垫，骑上它，Я. М. 可以随意转动，就像坐在摇椅上一样，让自己的脖子和后背在长时间电脑工作后得到休息。有一整面墙都是电脑的监视器。Я. М. 能够从头到脚看到她喜欢的英雄人物，她的偶像①，拉拉·克洛夫特。在马鞍的侧边包里我放了笔记本电脑作为礼物，在电脑里放满了所有已经出版的 Я. М. 的作品和一个不大的资料库，里面都是她喜欢的图书。在藤椅后面的墙上的天鹅绒底座上放着 Я. М. 中学时期的钢笔。

大厨房的布置是这样的，在秋天时鸟的影子可以飞过它，而冬天小雪的影子会落在地板上。光线从假窗里射进来，呈现出康沃尔郡和埃及地图的景象，这些也都是 Я. М. 喜欢的。在墙上挂着粗糙的毛巾，毛巾上绣着带瓦盆的火炉，火炉旁边还站着两个美丽的村妇。在毛巾上还绣着红色的题词，这一切传达的意思是：

"吃吧，干亲家母，趁卷心菜是热的！"

"走之前，吃点奶酪，这样就不饿了！"

我把突尼斯式的白色塔笼放在了与沙发椅相邻的角落，在笼子里有一只有条纹的小猫，长的就像 Я. М. 在希腊找到的那

---

① 原文为拉丁文。

只康斯坦丁一样，她喜欢康斯坦丁并且经常说："康斯坦丁能在自己的梦里看到我的梦！"Я. M. 从来也不做饭，因为做饭要花很多时间，要比去听两遍歌曲《九十年》的时间还多。但Я. M. 的注意力总是会迅速转变，一般来说与一个大人物交流也不过一个小时或者一个半小时。Я. M. 笑着说，她活得如此快，再过两年她就会比我老了，尽管从年龄来看我都能当她的父亲了。她自有一套独特的准则："花在准备午饭上的时间不应多于需要吃饭的时间。"

小浴室具有三角形的按摩浴缸以及装着一只精致玻璃杯和一瓶拉玛佐蒂利口酒的小玻璃柜。Я. M. 不用从浴缸里站起来就能拿起那些东西，而那个拿杯子的手势就好像她躺在床上就能够到想拿的任何东西的手势一样。在小浴室的中间有中世纪式的妇女木圈椅。如果你从圈椅上掀起垫子，就能看到用象牙制作的座位，座位上有椭圆形的孔。座位下面是大理石制成的箱子，箱子直通地下。甚至在箱子的最底层，还流淌着地下水……

Я. M. 的卧室建在三层，紧挨着大浴室。卧室里应该还安排了一个不大的衣柜。Я. M. 的衣服里既有看上去漂亮的女人的服装，也有男人的西装和马甲。她带着同样的满意打量着自己的和我的东西。在十来年的时光里她的鞋都是崭新的，我往柜子里放上了她的和我的所有衣服。但是这时我的工作忽然停顿了……

如果不考虑我放在两个窗户间的深色小沙发，也不考虑在角落里带着小洞的可怜的镜子，我怎么也不可能在自己失眠期间停止装修卧室。毫不令人吃惊。要知道这可是关键时刻。所有房间内部装饰的工作并不只是为了克服我的失眠症，我还有另外一个更重要的理由：我特别希望把 Я. M. 带回到我的生活中。甚至是用在意识中重复从她进入家门到离开梦境之间的所有行为这样的傻瓜式的、毫无希望的方法。布置在房子里的物品在我的想象中上演了一部关于 Я. M. 动作的电影。她是那样迅速，比我认识的所有人都快。她能够第一个看到，第一个出手，回答问题就好像开枪射出子弹。那样迅速的她，我想，或许能感觉到自己的动作以物质化的形式出现在我的梦境中，也能回应那些尚且为时未晚的问题。也许，她实际上已经来到小集市上的房子里看着我因她的步伐和舞姿而失眠。

设想一下，每天早晨平淡的工作日常破坏了那样的希望。光是看看天空上脏兮兮的飞鸟和跳舞的云彩就已经足够了。在那样一个早晨，我在工作时收到一条消息，某个律师要求我给他回个电话。我并没有马上去做这件事，过了几天，有人再次给我打来电话，一个男人的声音，自我介绍后，建议我接手一个住宅项目。我同意了，因为他已经了解了我在贝尔格莱德几个室内设计的项目。他给我了地址，我差点失去知觉晕过去，要施工的工程就是在马尔克·克拉列维奇街上的那个房子。

"您或许记得这个楼，"他说，"它因卢卡·切洛维奇的名字而命名。但是装修工作没有完成，为此我代表客户请您……"

没有等到与客户约定见面的日子，我马上就买了机票飞到了马尔克·克拉列维奇街。我远远地望着卢卡·切洛维奇的房子已经发生了改变，房子的正面已经刷上了贝尔梅特酒和泛蓝的意大利葡萄汽酒那种红色。大厅入口两边商店橱窗上都装上了彩色玻璃。左边玻璃上画着有古怪云彩的天空。云彩繁密得好像青苔，绿绿的，一动不动，遮蔽了天空。在这幅玻璃画里，在城外散步的人，仰天躺在草地上的人或者仰卧在自己敞篷车里的人，都在看着云彩贴住了最高层的树梢……

慌乱中，我握住了一个十八世纪女士左轮手枪形状的把手并扣动了它，锁弹开了，门在我面前打开了。我看见了一个两段分岔式巴洛克风格的梯子，并闻到一股山羊角的味道。一个像是这里的看门人的家伙惊讶地看到了我，他抽着烟，戴着打了补丁的帽子。没有注意到他的喊声，我抓住了核桃木制成的栏杆，三步并作两步地冲了上去。我飞快地穿过许多房间，房间里摇荡着马鞍藤椅；我穿过厨房，吓到了小猫康斯坦丁，我在抖着，我喃喃自语对自己说：

"这是完全不可能的，这是完全不可能的……"突然我从头到脚都被淋湿了。我以最快的速度冲向卧室，为了抄近路，我从卧室的大浴室中穿了过去，浴室里还喷着淋浴头的水，因为不知是谁才刚刚洗过澡。我全身湿透地在房间门口站住了，这个房间在我患失眠症时没有来得及布置。站在卧室的门口，我看到这里几乎没有家具，只是在两扇窗户的中间立着一个深色的小沙发。

Я. M. 坐在小沙发里，盘起自己的腿。一束黑色的小马尾辫，露出随意修剪过的后脑勺，戴着金色的香烟状的耳环。她笑起来的时候，看上去比她实际的岁数要大。就像过去那样，我在她黑色的裙子和闪耀的长袜下感受到她的身体，也感受到了这副凝然不动的女性身体内的灵动。我像闪电一般站起来说：

"告诉我，这不是真的！"

"为什么不是真实的，你都湿得像老鼠似的了？"

"那这是什么？"我愚蠢地问。

Я. M. 笑了。

"你是想获得关于所有这一切的某种解释吗，是吗？如果我们重新在一起了，还有什么好解释的吗？难道爱情需要解释吗？当然了，如果你真那么想知道一切，我会告诉你的。这里一切都不是真的，从大门的门把手到玻璃的天花板。一切都不是真实的存在，这里所有的一切都是虚假的无限和一时的永恒。"

"那你呢？"我哑着嗓子问。

"我，当然了，也并不存在。"

"我不相信。"我说着，并向她的方向靠近了一步。

我吸入了女人身上的香气，就好像听到了她的思想。尽管她没撩动头发，我感觉到她头发散发的味道。她说：

"你信与不信，这并不重要，因为你也是不存在的。"

"我也是？"

"你也是，所有这一切都是个电脑游戏，是由真正的Я. M. 把我们带到这里来的。"

陈寂　译

69

天　才

有一次在半夜，当我们坐在一起喝咖啡时，列利亚·米亚奇告诉我关于他中学同学米亚特·斯捷法诺维奇的秘密。当时我们坐在泽蒙的"鲤鱼"里，多瑙河上漂着浮冰。列利亚·米亚奇的眼白胖乎乎的，就像鲟鱼的肉，缓慢地翻来覆去，每次他都一边眨巴着眼睛喝下半杯掺了香槟的葡萄酒，一边聚精会神看着我的眼睛。他的头发散发着一大口袋土豆的气味。过去的痕迹米亚奇几乎什么都没有留下。有人说他在很年轻时，是那样轻率地挥霍掉自己的天才，仿佛自己是他们的继承人似的。在那年冬天我特别地烦躁，因为我在房子里闲待着，一连几个星期都昏昏欲睡，只能透过蜘蛛网看着所有的一切。只有当母亲打喷嚏的声音使我厌倦时，我才走出房间，走到阴沉的、被风吹着的泽蒙河岸上，在那里我与米亚奇相遇了。冬天使我衰弱，第一杯白兰地就让我的腿感到有些麻木了，我在桌子边坐下等着预定好的茶点，饥饿地吃了两小块撒了盐的面包。

米亚奇两次往太咸的鱼汤里加了热葡萄酒，再用汤匙把它们混在一起，然后努力地把汤喝下去。有一次在我们对表时，他看了看我的手指头，并注意到我被啃噬的指甲，他像从头上甩下头屑似的摇了摇头，转着无名指上的宝石戒指。他向我讲了这个故事。

当米亚奇结束了自己的叙述后，我们发现咖啡馆里所有的人都在倾听我们对话。邻近那张桌子的后面人们不作声地坐着、抽着烟，然后往玻璃杯里弹烟灰。而后所有人都鼓起掌来，掌声响起了多次，就像鸟儿从泽蒙飞向老城区似的。摆在我们面前的葡萄酒吸引了邻桌好奇的目光，那时的我们又平静下来，站起来离开了咖啡馆，走向了不同的方向。

列利亚·米亚奇讲的这个人米亚特·斯捷法诺维奇与自己的祖父住在丘布尔，他祖父叫伊拉利昂·斯捷法诺维奇，是个退休的少校，他们住在一条街道上，那里差不多整个秋天都散发着可怕的气味，有点像死猫味，还有点像烂鱼散发的臭味。

众所周知，世上存在着两种性质的人，一种人他们按照内心的需要思考，而另一些人只思考着他们所想的。米亚奇属于第一种人，他对自己内心聚精会神到了这样的地步——失去敏锐的嗅觉，从童年时就感觉不到任何臭味了。但当城市被大风刮得越来越干净时，他经常能听到就像自己祖父伊拉利昂静立在门口说："现在正正好，清爽的冬天。"

米亚特·斯捷法诺维奇的名字是用来纪念他从不记得的父亲。他父亲在那个夜里第一次与女人睡觉，然后这个女人成了米亚特的母亲。早晨的时候他就成了死人，把脑袋深深地埋入枕头里，好像他整个一夜都在躲避谁似的。他父亲会演奏小提琴，而且演奏得坚毅，仿佛努力地用琴弓敲击某些被锁上的门。有人说他是一位出色的演说家，并在争吵的时候不停地挥着手，就像一个魔法师一样证明自己对这个世界的观点的正确性，他是如此的坚定，以至于跟他意见相左的人总是有些发

窄。他有浓密的汗腺，总是散发着松树油的气味。他去世后的第十个月他的名字安息了，而后儿子继承了这个名字。

小米亚特·斯捷法诺维奇明白，人永远也无法知道，在自己所处的位置上能不能得到那些本可以得到的东西。他与任何人也不交流自己的想法，除了偶尔会把自己具有争议的思想和祖父伊拉利昂说一下，当他听到祖父说出肯定自己观点的话的时候，他感到自己在镜子里看到的不是自己的脸，而是自己在镜中的映像。

"当人了解世界时就了解自己，当了解自己时就了解世界。"他说。

有天晚上祖父伊拉利昂问他：

"如果把你关在塔里 10 年，并且让你在窗户和镜子中间选择一种，你会选择什么？"

"对我来说，窗户就是镜子。"米亚特回答。

"善于思考者看不见幽灵。"老人嗓子有些嘶哑地笑着说。

米亚特爷爷伊拉利昂·斯捷法诺维奇的睫毛早在索伦战场时就结满了盐。年轻的时候他的手就是那样的有力量，能徒手把人撕成几块。每天早晨祖父静悄悄地把牛排扔进煎锅，等牛排开始嘶嘶作响的时候，就撒上一点杏仁碎和红辣椒，而后把煎好的牛排放在两个小面包中间，并伸手递给孙子。抖抖自己的结满盐的睫毛给沙拉撒上盐之后，他经常说一句话——这句话是他在某本书上看到的："谁自欺欺人，谁就自取其辱。"他还能用手指按住被宰杀的绵羊，直到羊被剥完皮为止。

每个晚上伊拉利昂·斯捷法诺维奇都要喝点热李子酒，而且总用同一个杯子。这个沉重的不透明的杯子带着梭子边，不知从哪里落到了他家，或许是一个不速之客带来的，本来想用这个杯子放借来的盐或米，最后忘了拿走，也可能是伊拉利昂所相信的那样，杯子是突然从哪里冒出来的，就像那些和家人失散的遭火灾的人的出现一样，这个杯子在这个厨房的小柜子里陷入某种状况，因此它就留下了。每个晚上斯捷法诺维奇少校都坐在桌子旁边，透过杯子看着小灯并思考着，他是什么时候第一次用手拿起这个杯子的，1917 年，他从前线回来前杯子已经在这里了，具体的情况他已经回忆不起来了。

在去前线的那个夜里，他把军大衣披在肩上，茨冈人围着他，从自己的大袋子里把所有金币里都扔到多瑙河里了①，给自己许下个愿望——活着回来。最后一枚古硬币他放在面包上，然后把面包沿着水流放下，任其向维也纳对岸的方向漂流而去。从战场上回来后，他往市郊的方向走，顺着风向给茨冈人撒了一把纸币，他下了马车，进了家门，脱下了军装，从此以后再没有穿上军装。

战争期间他有次偶遇，这事他没有与任何人说过。他在普利茨连的一个小馆子里点了咖啡。咖啡煮好了，有一个女人，用两个手指握住长把咖啡壶，就像手里拿着长长的烟嘴，他漫不经心地让她坐在了他的桌前。从小店里面出来时他心情很差地沿着黑暗街道走回家去，路上迎面遇上了一个好像有几个世

---

①　在一些东欧国家，认为将钱币扔到河里，意味着可以再次回到这里。

纪那么老、几乎像是刚被埋葬过的矮个子土耳其人。他的土耳其帽子上点着蜡烛，光亮让他们没法睁开眼睛。他眯着眼睛直视着伊拉利昂的眼睛说：

"别忘记，你在梦中见过的那个人。我是费哈曼·阿兰。你见过我几次，最后一次你见我是在临死的三天前，那时你不再会阅读了。在你死的那一刻，你经常梦到自己的头发和耳朵里的耳垢粘在一起，在战争中你没有死，你身上的血变得沉重、充满恶意，所有的血都流得特别快，看吧：最短的路并不总是最好的……"

一阵带着忧郁的空气的风把他帽子上的烛火吹灭了。

伊拉利昂·斯捷法诺维奇弓着身子爬来爬去，用马刀扎穿路旁昏沉的灌木丛，想找到这个陌生人，尽管一直追踪到了深沟处，但是最终也没找到。时间流逝了，风使他打了个哆嗦，他被炮兵的轰炸震聋了，尽管他还活着，可是他的耳朵却被蒜瓣儿塞住了。他已经不记得战争了。只是有时在满月时会出现一连串的影子。

很少有人去斯捷法诺维奇爷孙俩家做客，只有为数不多的米亚特的中学朋友，比如列利亚·米亚奇就去过。在这些稀少的来访者中还有伊格尼亚特·巴亚兹。巴亚兹有一只眼睛比另一只大两倍。模样——挺好看的，但长着雀斑，因此他就有点像被虫子蛀蚀过的圣像，他没上地理系而转到了哲学系。他喜欢说："人如果无法自保，就会制造邪恶。我常常因此而自责。"他很早就已经不去教堂了。

"什么东西从创世纪一直流传到现在？"他问，并通过鼻

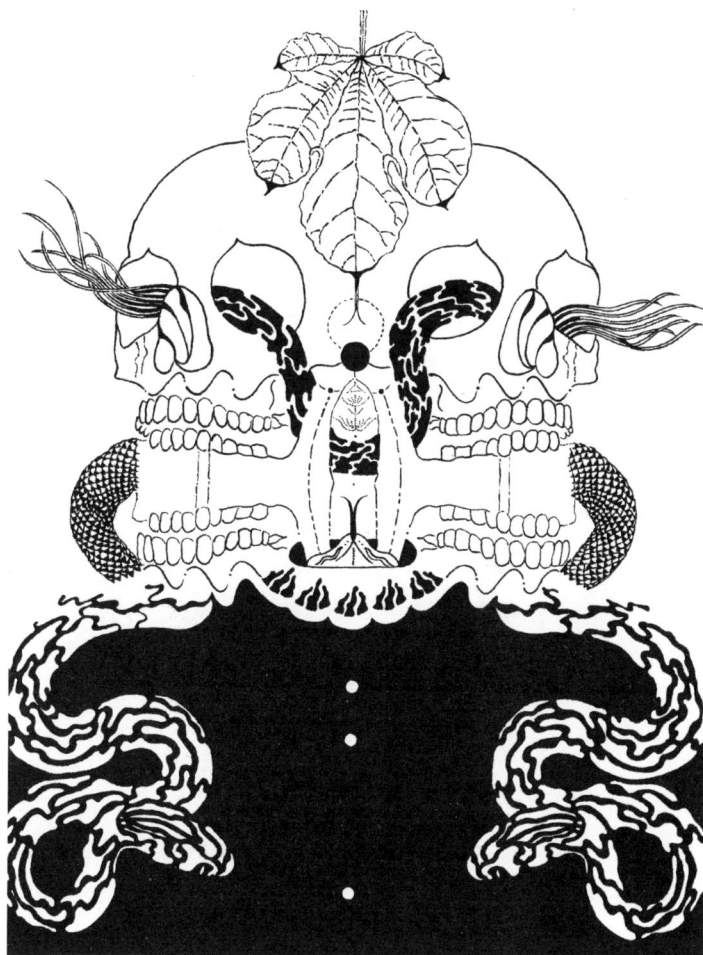

子深深地吸入了空气，他的胡子被划分成两部分。"最为重要的亘古以来的传说故事被解释得相当随意。故事传到我们这里完完全全是转述者自己的版本了。"

巴亚兹弯腰走出去，呼吸着，打了个有点药味儿的嗝，就好像在他胸中有个容器在动。有次他见到米亚特面朝着带着灯的墙坐着，背后一个接一个的黑和白的棋子挪动着——米亚特在和自己影子下棋。

"当天上只有月亮的左边的一半时，我就不会输了。"米亚特看着他说。

巴亚兹短促地笑了笑，一脸惊恐，仿佛有什么东西从自己身上被消灭了似的，他说：

"象棋害怕了。在世界上所有的事物都是设定划分好的：偶数和奇数，右边和左边，黑的和白的，女的和男的。本应如此。任何偶然发生都是不可能的，有人明白这些，伸长了肩膀上的脖子，像驼背一样，每走一步都仔细检查。唱片还没开始播放，但是已经写满了和谐的音符。甚至根本不需要开始播放。"

但这事发生在莫名其妙的星期三，这一天的事都被忘了，米亚特·斯捷法诺维奇一句也记不起巴亚兹的话。很快那位被打伤去接受治疗了，他们并没有再见面。那时关于米亚特·斯捷法诺维奇有不少说法，说他想得那么多，很早以前就变成不是出生时那样了，伊拉利昂·斯捷法诺维奇常常数落孙子。

"在生活中，孙子，干了蠢事的人要让自己的力量重回正轨。你活得太认真了，米亚特。内心的火在烧。你父亲就是那样生活的。你在一个月内的衰老，就和别人一年的衰老一样。"

　　每天早晨米亚特在醒来后都用刀剪去胸毛，这些毛发长得好像发了疯似的。他默不作声，但大家都知道，他像公牛一样健康，灵巧得可以自己将自己交叉绑住。众所周知的还有，他从中学时代起夹克的两个兜里就放满了红辣椒。每次打架的时候他往往对手眼睛里扬一捧辣椒粉，然后就开始动手打人。这种人是如此血腥，以至于在房间里的人都能感受到他的每次呼吸。但是没人敢招惹他。

　　在杰欧多拉·科尔斯基奇出现之前，他的日子就这么过着。他在哲学系学习，而她在生物系。他们在科拉尔切夫大学的讲座上相遇，在这之后在城里开始见面。杰欧多拉·科尔斯基奇穿着尖头便鞋，这鞋能轻易地踢伤人。她的头发长得就像有三个马尾巴的长度，她轻松地打了两个结。开始她的头发是金色的，而后是棕色的，再后来就像煤样的黑色。她不是那种指甲上涂着毒药的女人，但她的目光在燃烧，炽烈到能使天气发生变化。

　　有天晚上，他俩在米哈伊洛沃伊公爵大街和奇科·柳比诺娜大街的拐角相遇了，风把那里分成了两半。他们并排走着，杰欧多拉·科尔斯基奇一直沉默不语，在分别时，在黑暗中，在自己的房子前，她轻轻地拥吻了一下嘴上都是白兰地味儿的他。而他的耳朵塞住了，他在自己的胸上感觉到了她的胸，并且仅仅靠着他，但并没有颤动……她生气地跳开并离开了。

　　"他是那种只喜欢从旁边路过的人。"现在她这样谈他。

米亚特·斯捷法诺维奇一整天只能咽下去两小勺四季豆。整个晚上他喝了酒，并且在梦中还继续喝，导致了在早晨他感到自己比昨天晚上的状态还差。那天早晨他出门去城里，在街上见了中学同学。人们叫他诺维兹·卢基奇·索恰纳茨，"自己穿得像个胖子"，米亚特在看到他时这样想。从童年时家人就教给索恰纳茨用特别的鬼脸欺负别人。说话的时候，他的嘴也不会比吞下一个坚果时所需要的大小张得更大一点。通常他会带着小猎犬散步，这只小猎犬有个窄头，当他爱抚它时，它的脑袋就像手杖的把手一样躺在他手上。通常在衣兜里他总是带着小勺子，在杰拉季亚的酒馆里要先用这把勺子从啤酒杯里撇去泡沫，然后才能开始喝啤酒。尽管他的头发涂着厚厚的发油，甚至把眼睛都给弄脏了，但是在他的肩上依然全是头皮屑。他稍微往肩上低下头，看了看米亚特，坚定地想看出生活中还剩下了什么，而米亚特的眼睛比索恰纳茨深邃三倍，他阴沉地看着，就像夜一样。

"索恰纳茨就是那种任何时候都不害臊的人。"索恰纳茨特别喜欢的列利亚·米亚奇对他这样评价，从脸上看诺维兹·索恰纳茨的笑容是冷冷的，就像啤酒的斑点洒在衬衫上。

"任何时候你都不会学会没教过你的，"他对米亚特说，"人们说你沿着整个城寻找杰欧多拉·科尔斯基奇。"

米亚特眯缝着眼睛看他，用右手掌甩过去一个耳光，这个耳光打得索恰纳茨只能用右耳听到下面的话：

"当下一次你见到我时，在我靠近你之前，请咬住下嘴唇，眼睛放亮点。"

愤怒攫住了索恰纳茨，但他忍住了，就像鲤鱼那样不出声地闭嘴，而米亚特·斯捷法诺维奇到家后，在手指上闻到了不好闻的气味，是发油的味道。在这之前他没有意识到这股恶臭。回到家时他感到忧郁和郁闷。

"谁与精神交往，在人群中慌乱无主，"伊拉利昂安慰他说，"每个人要愉快地歌唱之前，总是先要经历舌根疼。"

当天晚上米亚特坐在桌旁，给杰欧多拉·科尔斯基奇写了封信。他用铅笔另一头挑出苍蝇并放到他的咖啡里，写呀，写呀。信的开头是这样的："我写的比说的好，因为有耐心的纸张是会听我说的……"

杰欧多拉·科尔斯基奇回了他一个普通熟人的眼神，只是眼神中多了些许挖苦。

米亚特有着非同一般的记忆，冬天通常他会在白天数清楚雪花，到了晚上再给它们分好名字。而即将到来的冬天和之前的完全不同，数雪花并没有让他感到平静。

"珍惜吧，"伊拉利昂·斯捷法诺维奇对他说，"女人们是不会区分真理与谎言的。"

米亚特·斯捷法诺维奇，每天晚上都整夜一动不动地坐着，自己手里拿着刀子，竭力看着映在刀刃上的脸。一只张开的手放在桌面上，另一只手把刀扎入手指间的空隙里，并且越扎越快。最终有一天夜里他起来了，在舌头前放了胡椒粒并且出了门，砰的一声用力关上了门，使得另一个街道上的鸟儿都受到了惊吓。当他敲响杰欧多拉·科尔斯基奇的门时，他的大衣由于出汗都湿透了。开始进门时从有霉味的走廊上显出黑

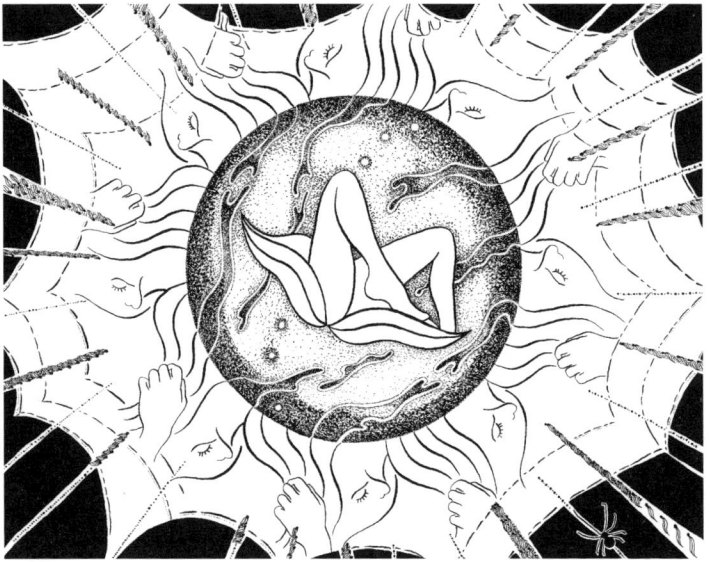

暗，米亚特从黑暗中出来，他身上有从多瑙河吹来的东北风，他拔出了刀，把刀放在脸前，刀刃把他们的脸分成了两半。然后他用牙咬了刀刃，刀刃几乎切到了他的嘴，而后他按住她并吻了她，她的耳朵里响起了叮叮当当的声响。他的双手触及她大腿内侧，引起了她胃中一阵翻滚，他从衣兜里掏出了红辣椒，并用播种式的手势把它们洒在了床上，然后他们躺在了床上。

她窃笑着问："你是第一次？"

"是的。"米亚特回答，在床上他挺直身体躺着，那时他呼吸平稳。

"在满足了性欲后，激情有很多形式，"杰欧多拉·科尔斯基奇笑着说，"授精的机能实现了，之后就可以不为了什么而活着。这就是有一些种类的生物学建立本质的使命的原因。"自己身体得到满足而平静后，她靠在他的肩上睡着了，而他的胸毛也不再疯长了。他们一起消逝在梦里。米亚特第一次摸到她的头发，感觉到他的手指被刺到了，尽管头发是那么绵软。在梦中，他感觉到衰弱感在扩大。他睡着了，他的脑袋在明显地抽动，仿佛他感觉到有什么或者想与谁争论什么，而后他的脑袋开始静静地陷入枕头里。

陈寂　译

紧身胸衣

1

去年 5 月在我这里发生了某些不可思议的事情。我在自己的邮政信箱找到了一份通知，这份通知是从报纸上剪下来的，上面写着如下内容：

邀请黑发女士

音乐（吉他）女教师

最好满足如下条件：

身高大约 170 厘米

胸部和大腿对称

地址写在上面这段文字的下方，让人无法不注意。

"离 Gare Montparnasse^①不远，"我说，尽管还没有猜到任何什么，"在第六区。"

我当时正处于那种喜欢所有甜腻东西的年纪："Van Cleef"^②牌男士香水、黏腻的秋天的葡萄、被鸟儿啄食过的春天的甜樱桃。在一月份时我学会了从手里丢下一个东西，并在它下落的时候就把它抓住，不让它掉在地上，而且让我相当自豪的是，我已经成年了，能够做爱了。

我机械地把写着通知的纸条塞进口袋，用习惯的手法弹起吉他。某种想法使我无法安静下来，我的头发正是黑色的，身材条件也符合。我常收到各种通知，每个通知背后都有一只能引发地震的蝴蝶等着我。我的"捕鼠器"总是比我领悟得快。这次也是，她全知道了，每次都比我知道得早。

事情是在早晨发生的。我还没有来得及从门口出去，96 路公交车从雾中突然出现。它缓慢地驶向我家门前的 Rue des Filles du Calvaire③ 站。在公交车长长的侧面车身上写着所有的公交站：

Porte des Lilas — Preness — Republique — Filles du Calavaire — Turenne — Hotel de ville — St. Michel — Gare Montparnasse。④

公交车直接停在我的面前，车门缓慢地敞开了，仿佛请我进去似的。对这种邀请不作回应是不可能的。我走进了公交车，去往通知上所写的地址。在房间的门上没有写名字，实际上在通知上也没有名字——只有地址与电话。

大约身高与我差不多的年轻人给我打开了门。我吃力地认出了他。他脸色苍白得像四五十年代的人。在这种苍白里藏着苦难的印记。但我马上记起了一切：就是他，我的爱人。那个我在希腊认识的人。许多年以后他再一次用自己的嘲笑在我身

① 法文，蒙帕纳斯车站。
② 法文，梵克雅宝。
③ 法文，十字架之女大街。
④ 法文，丁香门—普雷内斯—共和国—十字架之女—图伦内—维尔市政厅—圣米歇尔—蒙帕纳斯火车站。

上刻下了令我感到灼痛的印记，正是他——季莫费，留着葡萄串一样的金色的小胡子。一开始我想跑回去，但被他的行为阻止了：他就好像从前从没见过我一样。就好像不是他教我弹男人弹的乌德琴。不仅是他的行为像另一个人，也可能是时间把他改变成这样。他客气地问我叫什么名字，假装像从没听说过一样的重复了一遍。这一切都太奇怪了，所以我决定留下。

那你——是女教师？他边问边接待我，把我带进了房间。不熟悉的但令人愉快的香水味道向我袭来，也许有点太过甜腻浓厚了。不是他曾经用的香水——"Azzaro①"的味道。

当我出现在大房间的中间时，他高傲地从头到脚打量着我。

"请你到我这来，"季莫费若有所思地含蓄地说，"对了，你头发的颜色是天然的吗？"

"为什么谈到我的头发？自然的黑色的颜色，荷兰人矿工灯房里的烟……就像你通知里所写的那样。"顺便说一句不太礼貌的话。我一进来弹吉他，就像我们过去从未做过爱似的，就有一点开始下雨。

如果我感到兴奋，或者，比如我恋爱了，我的头发就开始打卷，有时我不在状态，头发就变得顺垂了。偶尔路过镜子，我会顺便看一下自己，看到了头上是非洲人似的鬈发，也就是说我心情愉快。我就说："不管我为上课准备了多少东西，都预先说好，如果第五课之后，我觉察到事情还没有进展，我就停止

---

① 阿莎罗香水，阿莎罗是香水店和百货公司里一个声名显赫的品牌。

了上课。"然后我让他自己坐在沙发里，弹起了和声开始上课：

"在上课之前，需要向您讲明白，当您要弹奏时，必须记住的手指。右手的拇指——这是您，而左手的拇指——您的爱人。其他的手指——您周围的人，中指代表着：右边的——您的朋友，而左边的——您的敌人。无名指——您的父亲和母亲；小指头——您的孩子们，男孩们和女孩们，而食指——您的祖上……当开始弹奏的时候要想到这些。"

"如果从我的左手弹拨吉他发出声响，那么根据您的开场所说的，就是我的爱人、我的母亲、我的敌人、我的外祖母和我的女儿在弹，即使我都没有女儿……简短地说，这将是女人的弹奏，尤其是我主要的敌人——也是女人。"他以这个结束。

"记住，"他说，一下子就转到教师角色，"如果弄坏手指，那就不只是涉及你一个人了，手指上任何的伤痕都表明生活中你最亲近的人或者憎恨你的人有疾病和灾难……"

这个攻击有点使我难堪，我还是继续上课，对他说话用"您"，就像他对我一样，我把和弦的指法摆给他看，而他很快地学会了，但右手对琴弦则一次也没能触碰到。不仅在第一堂课，在以后的课，他只学指法。他学会了一切左手可以弹的东西，他开始非常准确地复制我教他的第一首旋律，但不管我怎么跟他说，他就是不用右手。于是，这些课成了无声音乐的高报酬课。我得出了结论，认为我的香水"Molineux①"和这些

———————
① 魔力光辉香水。

我现在开始熟悉的香味不相配。后来的一些日子里，我给自己喷 Paco Rabanne 的 "La Nuit"① 香水。

"为什么您不用右手开始工作，"我问，"我记得，明天您有第五课，如果您还是弹这些磕磕绊绊的指法，我就把课取消了。"

"我的上帝，您怎么这样穿衣服？！"他不满地打断了我的话，飞快地站起来，"您要是穿成这样，我什么也做不了。"

我呆住了，他拉起了我的手，就像拉起小女孩的手。我们下楼走到街上，去看了两三个时髦的沙龙。他表现出了令人惊奇的熟练和无可挑剔的品味，给我买了好看的裙子、方格长袜子以及配有带绒球的苏格兰贝雷帽的双面大衣和带有珍珠纽扣的女衬衣。就这样，在沙龙里，他让我穿上了所有这些，我的旧衣服他命令女裁缝包成一包扔掉了。第一眼在镜中看自己时，我所有的气愤都烟消云散了。

"就是这样，现在可以继续上课了。"他满意地说，我们一起回到了他的住宅。

这时我应当承认，有点相当害怕他的坚持，坚持做出这个样子——我们从来就不认识。我拿起自己的吉他坐下来，以便继续上课。但他并不想像往常那样拿起自己的乐器，而是突然走到我的后面，并抱住了我。我想挣脱，但他没有从拥抱中放开我，而是在我的吉他上弹了第一组和弦。弦音是那样清澈纯

---

① 法文，帕高·拉巴纳牌的"黑夜"香水。

净。他右边的手没有错误地去弹吉他。他用宁静深沉的嗓音唱了古老的浪漫曲，这支浪漫曲是我在上第三堂课没有音乐的课时教给他的。他每唱两句就吻我的脖子，我深深地吸了一口他衣襟上不一般的香水味，而这种味道过去我从不曾闻到过。这些句子不是法语，对我来说有点陌生，是我不熟悉的语言。

"明天的动作的网网住了我们，在你的动也不动的怀抱中几乎……"

"这是塞尔维亚语吗？"我问道。

"不是，为什么你会这么想？"他回答。

在浪漫曲的中段他停止了弹奏，开始慢慢地脱我的衣服。一开始，他从我身上费劲地脱去圆形软帽和便鞋，然后是戒指，打开腰带上的珍珠扣环，而后穿过衬衣，揭开胸罩。

我也开始给他脱衣服，哆嗦的手从他的身上脱下了衬衣和其他的衣服。我们两个人都赤裸裸的了，他把我用力地抛到床上，并在我旁边躺下，抬起我的腿，开始拉扯我的丝质方格长袜。我惊恐地发觉，那些刚刚买的长袜他穿起来比我穿要好看，然后同样的结论也适用于裙子和衬衫。这一切穿在他身上更合适！他穿上了裙子之后，抢走了我的鞋子，用我的梳子梳好头发，戴上了我的贝雷帽，又用我的唇膏涂了涂嘴唇，然后迅速地走出了房间。

我留在了那里，被夺走了语言能力和衣服，孤孤单单地在这个陌生的房间里。我有两条出路——或者穿着他的西装离开，或者坐下等他回来。让我意外的事发生了。在柜子里我找到了挺好的古老的女式短衫，这件短衫在领子上印有银色花体字母"∏"的图案。还有带系带的裙子，在裙子的接缝处缀有"罗马"字样的标签。就是说，衣服是过去从意大利送来的。"所有这些，当然了，一百年来谁也没有穿过，无所谓了。"我这样想了下。所有一切对我来说正合适，我穿上了，下楼去了，走到了大街上。他坐在最近的小饭店的餐桌后面，吃着用鹅肝做成的馅饼，就着"玳瑁"牌酒。看到我的时候他的眼睛闪闪发光，于是他跳了起来。

我们的亲吻对两个在街上偶遇的女孩子来说有些太热烈了。在接吻中我感受到我的口红在他嘴唇上留下了新的香味。我们上楼来到他的房间。"你穿我阿姨的礼服真合身。"他一边在楼梯上就脱我的衣服，一边小声说，还没有来得及关上门，他就压在我身上，那么直接，就像游泳运动员从高处跳入水中。他的面貌和手掌出现在我头上，我们脚和腿缠绕在一起绷得直直的。他就像飞跃世纪的标枪一样全部进入了我。更多的事我已经不记得了。

人固然会迅速地遗忘自己的美好时刻。在创造快乐的最高时刻之后，在性高潮和美好的梦境之后，是遗忘、失忆症和清晨的记忆。要么在梦中的美好时刻，要么在体现原始生机——怀上孩子的时刻，我们的一切都在生命的阶梯中比我们应该处的位置多迈了几个台阶。我们不能一直留在这样的高度，于是我们很快回到了现实，努力尽快忘记那些神志最清醒的时刻。在自己的生活中我们不止一次进天堂，但我们永远只记得从天堂被赶出。

我们的音乐课转变为另一种样子，他为我发疯。有一天

早晨他说，想把我引荐给他母亲和阿姨。

"但，"他补充说，"为了见她们，我们应该去一下科托尔，看看写着我们名字的别墅。我刚刚获得继承权。"别墅在黑山。那里的战争结束了，我们就去。

他拿出了古老的镀金钥匙，钥匙的前头是用小宝石戒指形式制成的。如果把钥匙放在手上，就能感觉到，在你手里只不过是一枚带着美丽的缠丝玛瑙的戒指。正因为如此，他把钥匙戴在了手指上。这是一次别具一格的订婚。但突然发生了奇怪的事情。我看到的不是房子的样子，而是房内的陈设，就是那一秒钟我看见了向左右分开的楼梯。但我没有回答他我想不想去……

2

当我们去科托尔时，非常风平浪静。小船在自己倒影上的空气中翱翔，就像大海根本不存在一样。沿着山峰白色的斜面，滑过云彩的黑色影子，就像飞快移动的湖。

"在这些地方，如果晚上伸出手，夜色就会直接落到你手上。"季莫费说。

"就是别指给我看我们的房子，"我说，给手指戴上作为钥匙的戒指，"我觉得我自己走的正是那条路，钥匙会领着我直接去门锁的钥匙孔的。"

事情就这样发生了。我取出钥匙跟在他后面，看到了一片小广场。这个广场正是沙拉广场。在我们面前展现出他祖上的房子。科尔托的弗拉琴家族宅邸，门牌号 299。

"'弗拉琴'是什么意思？"我问。

"不知道"。

"你怎么会不知道？"

"不知道。"

"别捉弄我！"

我们在带有姓氏的徽章下站了一分钟。坐在金色的小树枝上的乌鸦，在我们的头顶上托着两个石制小天使。

"可怕的破玩意，"他说，"在这个房间里住过的声音，不少于四个世纪。在第二次世界大战后，国家把房子国有化了。而现在新政权把私宅还给了我们家。人所共知，在 14 世纪时私宅归米哈·弗拉琴的遗孀卡杰娜夫人所有。我母亲也叫卡杰娜。"

宅子的墙被红色的砖末灰泥所覆盖。但我对它的外表不感兴趣。我由于不耐烦而显得有些激动，我想看看房子里面到底是什么样子。我把带着钥匙的戒指戴上手指，打开了门。在前厅有一个石头制的水井。很大的，明显比私宅的本身年长得多。它保存 13 世纪的声音。我被某种存在了不止一百年的气味吸引了，于是我想，住宅里不友好的灵魂也许会使妇女从她进门的房门的门口跑掉。我马上认出了向两边延伸的楼梯，沿着楼梯方向的墙上绘有意大利大师的壁画。但这些并不那么重要。在二层楼梯分支的平台上摆放着可爱女性的全身肖像画。

"我想给你看的正是她们，"他说，"那边，在右边的那个黑发女性——我的阿姨，而另一位——我妈妈。"

两位美丽的女士从镀金的画框上看着我们。其中一位的脖子旁，有副奇妙的绿色耳坠在闪耀，耳坠使她的头发显得像乌鸦的翅膀那么黑；第二位的头发则完全是灰色的，尽管比第一位更美丽些，也年轻些，个子更高一些。在她的手上戴着缠丝玛瑙的戒指，在戒指头部我认出了现在已经戴在我手上的那把钥匙。两幅画像签的都是艺术家马里奥·马斯卡列利的名字。

但是没有人迎接我们。我渴望看到他的母亲，卡杰娜夫人，或者哪怕是他阿姨也行，但是我的愿望落空了。谁也没有出现，拼花图案似的地板和雕花的门引领我们进入二层的房间，而后又进入了小家庭的小礼拜堂，这个小礼拜堂位于街头过道的拱门上。礼拜堂里有个老妇人在祈祷。我猜想应该是他母亲或者阿姨。他发自内心地哈哈大笑起来。

"不是的，说什么呢，这是谢列娜，我们家最老的女佣。"

在第三个房间出现了那两个美妇人的半身像，她们彼此相像。阿姨拿着吉他。这时他说，阿姨吩咐要把自己的宝石耳坠送给他的未婚妻。

"只有一个条件，"他补充说，"只要我未婚妻会弹吉他。所有人都可以见证，这个耳坠就属于你了。"

"她们在哪里？"我问。

他回答，她们早就逝世了。

"难道说耳环也会过世吗？"我吃惊地说。

他再次笑了笑，从包里拿出一对令人惊异的耳环，它们像两滴鳄鱼的眼泪，正是楼梯上的肖像画上的女士戴着的那副。

"妈妈和阿姨早就去世了，"他解释说，"我还记得一点妈妈，对我而言阿姨代替了妈妈。她们，如你所见，非常美丽……"

他把耳坠戴在我的耳朵上，轻轻地吻了我一下，我们继续参观这座房子。房子里的一切都被时间侵蚀了。在其中一个房间里我找到了两张床——男人的和女人的。男人的床，床头转向北方，而女人的则朝南。男人的床是狭窄的小床，好像从船上带过来的似的。黄铜铸成的有六条腿的女士大床被看起来像是黄铜苹果一样的铜球装饰着。床很高，可以在床上像在餐桌上一样吃晚饭。我耳朵上的绿色耳坠突然开始散发出香气，使人想起季莫费的甜美无声的和弦。

"这古老的床是做什么用的？"我问，指着床上的黄铜部位。

"这是三个人睡的床，他们中的第三人只要显得多余，就会离开。"

"为什么？"

"非常简单，当女性怀孕后，丈夫就得从床上消失。而当孩子长大一点，他就不能在母亲的床上睡觉了。床上出现了情夫，或者情妇，就是这样的……"

我们在不大的桌子旁边稍微吃了点东西，甚至都没有坐下。季莫费为我准备了铅笔形状缠着铝箔片的犹太奶酪"米兹沃伊"，并展现出非比寻常的手的灵活性、动作的隐蔽与迅速。我们吃了混着由蜂蜜酿造的拉吉亚酒的干酪。然后他给了我三个樱桃，接着说道，果核我可以给自己留下。果核看起来像是三颗一百多年前从贝壳中取出的珍珠粒。

* * *

科托尔经常有太阳，但只在破晓出现一会儿……差不多每天季莫费都出去很早，所有和遗产有关的手续都办好了。每逢礼拜天我们都去教堂。谢列娜和我去圣地天主教大教堂，而季莫费——则去东正教教堂。然后我们再一起去广场喝咖啡。有一次季莫费带我们穿过河湾到斯多利夫，在那里我们看到了小礼拜堂，这个小教堂一半是按东正教仪式，而另一半——按照天主教仪式做礼拜。在那房门里找到了他母亲的扇子。在扇子上用小字写着：

"在心灵中，就像在肉体中一样，有自己的器官。知道了这些，我们开始明白，什么是现实的双重性。宗教的启示（直觉）、人类的美德（思想，在这个思想中不需要上帝）、梦（它也是鲜活的存在）、想象、理解、回忆、感觉、亲吻（看不见的光）、恐惧，还有死亡——所有这一切都是心灵的器官。在心灵中它们这十个——甚至比肉体的感觉器官多一倍。借助于它们的帮助，心灵与世界有了在内心深处支撑自己的联系。"

有一次我与谢列娜吃早饭。女佣往桌子上放上了泡了牛奶的烤鳗鱼和绿色的沙拉，沙拉中照进了唯一一点射入屋里的阳光。在她手上代替手套的是一双老旧的短袜，手指从袜头伸出来。

"在我进门的地方我看见了几幅女性肖像，您认识她们的姐妹们吗？"我用意大利语问，她意大利语说得比我好。

谢列娜露出牙齿，吐出一大串塞尔维亚和意大利词汇，这些词被啃咬、被舔舐、被时间的浪潮淹没了几十年，最终在同一张嘴里重复着直到永远……

完全没有想到她这样说：

"小心点，小女孩。要知道女人会衰老的，甚至在相爱的时刻……在一瞬间，从这几幅画像你看出来了吗？直到成为这些画之前，她们俩最好不要并排坐着。她们中间的一个可能会受不了的。无论是阿娜斯塔西娅，还是卡杰娜。"

"为什么？"

"季莫费没告诉你？"

"没说，我以为她们还活着。我想，他带我来，就是为了与她们认识。结果你看，我错了。"

"她们很早就去世了，季莫费的妈妈，卡杰娜，她嫁到了弗拉琴家，当她来到这个房间时，她的头发还是乌黑的，她的姐姐阿娜斯塔西娅也是，阿娜斯塔西娅是和她一起来的。姐妹俩长得很相像。她们的父亲，有钱的希腊商人，经常四处走动。阿娜斯塔西娅在意大利受了教育，而他的妹妹——在希腊，在萨洛尼基。我记得，卡杰娜夫人有着奇妙的嗓子，经常改变，就像炉灶中的火。每逢晚上我听到她在丈夫的豪华卧室里悄声唱歌。唱一首古老的歌曲，总是被叹息声和呻吟声所打断。但我可不上当，我很快就明白发生了什么事。当她在他身上同他做爱时，梅多什先生就请她唱歌。他更喜欢安静和缓的曲调，比如《一天两次黄昏……》，在这首歌中每一句歌词都像是大海上的波浪一样簌簌作响。这是长久的爱情的游戏。她唱的旋律更快一些。按照我的看法，在怀着季莫费的夜里，她哼哼唱的歌是《寂静沉默了，就像蓝色的花朵……》。

"随着时间的流逝，她的姐姐阿娜斯塔西娅坐在自己的房间里，翻转着念珠时，听到了这些。但你也别欺骗我。她转动念珠不是为了诵祷文。因为她没有把念珠带到教堂去。她坐在黑暗中，翻转着念珠，回忆起那些在意大利结识的情人们。念珠串上的每粒琥珀念珠都有自己的名字。情人的名字。有几粒上还没有名字，它们在等待着，迎来自己的名字。长久的等待不了了之。这没什么奇怪的。

"阿娜斯塔西娅的眼睛就像名贵的戒指一样发着光……那时我还没有服侍她，而是她先生——梅多什先生——的仆人。而后发生了什么，所有人都知道。"

"我不知道，请讲一讲！"

"卡杰娜夫人，季莫费的母亲，在决斗中被打死了。"

"在决斗中？！在 20 世纪下半叶，她与谁决斗呢？"

"与另外一个与她争情人的女性。"

"我的天啊！天啊，另外那个女人有名吗？"

"是的，有名。这不，在你的耳朵上戴着她的耳环，也就是说，过去所有的一切都留在家里了。现在她们两位都是逝者了，可以讲了。"

女佣谢列娜的故事

我已经与你说过了，另一个女人——阿娜斯塔西娅女士，卡杰娜夫人的姐姐，她的肖像是挂在楼梯上方右边的位置。大概，梅多什先生，季莫费的父亲，无法对她的魅力保持住冷静。在梦中她用自己乌鸦翅膀般的黑色头发遮着自己，在黑色的床上睡着了……

梅多什·弗拉琴和他妻姐的私通，是通过吃饭发生的，在吃晚饭的时候。每天准备吃些什么，都由阿娜斯塔西娅来决定。如果梅多什夜里要看望她，会用那些由我在她的监督下做好的固定种类的菜，来招待梅多什。具体哪些菜我不敢肯定，但我能猜到会有用加了茴香的啤酒做的稀粥；用醋栗调味汁做

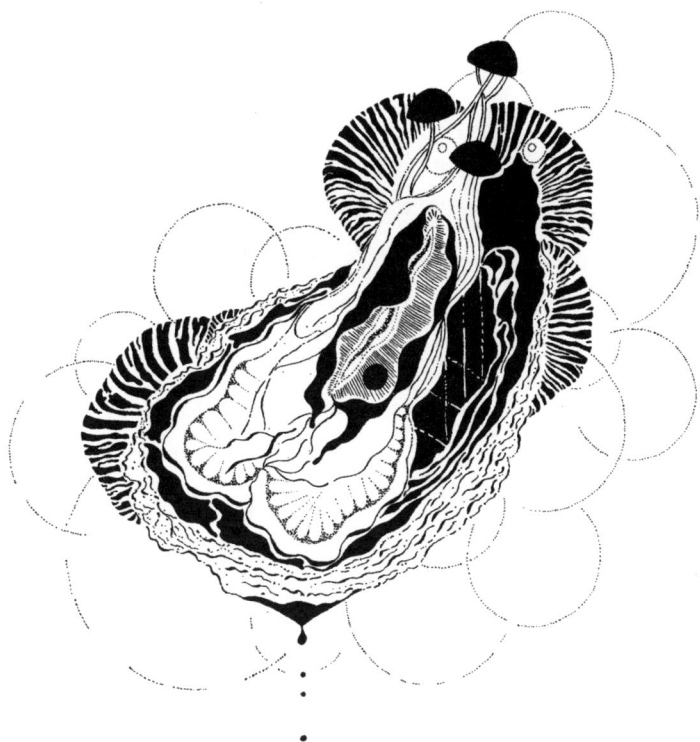

的鸡蛋——第二种；泡在酒里的水果——第三种。当按照女主人阿娜斯塔西娅的吩咐往桌上放加了蘑菇的圣扎克牡蛎时，梅多什先生的眼睛会特别闪亮。至于在阿娜斯塔西娅的卧室里发生了什么，我没法说。但是卡杰娜完全绝望了，由于猜忌，她一夜白了头。于是画家就把她这样画了下来。那时她刚刚怀上季莫费。

我们简直是走在泥泞的梦里。当到了小孩出生的时候，梅多什先生把妻子送到了萨拉热窝，那时他父亲住在那里。季莫费出生后，卡杰娜夫人回到了自己丈夫豪华的卧室，她在等待他的激情渐渐消失，就像人类的许多其他激情会消逝那样。但梅多什·弗拉琴与妻姐的关系并没有结束。

女主人卡杰娜太太是个有性格的女人。她着手决定了一步，来捍卫自己的家庭幸福。在一个美好的晚上，当阿娜斯塔西娅准备牡蛎蘑菇时，她并不知道梅多什先生并不会来科托尔。卡杰娜夫人用自己丈夫装手枪的锦盒替换了海鲜贝类放到了桌子上。她在枪里装上了子弹，并让姐姐选择。要么今晚立刻永远离开科托尔，并给她家以平静，要么在黎明时用手枪进行决斗。决斗在我那个时代已经不时髦了，仅仅是大家聊起青年时代时会提到的东西。那时男人们都已经不会选择和对手决斗了。可是卡杰娜夫人却决定用决斗来解决与自己姐姐的仇怨。

阿娜斯塔西娅用自己美丽的眼睛一动不动地看着卡杰娜，低声问道：

"为什么在黎明时？"

于是卡杰娜大声地补充说：

"拿上自己的手枪，一起上岸边去！"

那时我给阿娜斯塔西娅做仆人，因此看到了这一切。

我们穿过黑色的过道，来到了海边。往沙子里插了把刀，在刀上挂上灯笼。刮着干燥寒冷的西洛可风。它曾两次引起火灾。由于海浪的雨声和涛声，什么也看不见，也听不见。姐妹俩拿起了手枪，转过身背对背，走向灯笼。我认为大概——每个人走了十步的距离。卡杰娜射出第一枪。但没有射中，在那时或许她可以有再射第二次的权利，但得按顺序。

"看着吧，射得不错，第二次我不会射不中的。"透过风卡杰娜对姐姐大声喊道。

阿娜斯塔西娅挺直全身，缓慢把枪身对着自己，放进了嘴里，就这样站了一分钟，然后吻了枪身，对自己妹妹开枪了。她打死了站在位置上的妹妹。子弹是被吻过的。

这件事暗中被压了下来。毕竟大家都认为这是不光彩的事，我们把尸体运回家，并且说，是夫人在丈夫不在时研究武器，拿枪对自己射击了。至于与梅多什先生发生了什么不体面的事——没有记叙。最后他没有第一时间表态。他平静之后说：

"在白天刮着西洛可风时发生的罪行，甚至在法庭上，也只会受到一半的惩罚。"

或者是他产生了自己还年轻的错觉，或者是他向命运屈服了，就没挑明自己和妻姐的关系。他还剩下什么？我们俩，他和我都为了小男孩而缄默不语。文静的姐姐生活在弗拉琴的房子里。她开始培养孩子。这就是我们的季莫费。当我们从科托尔离开，阿娜斯塔西娅小姐回到了她父亲那里并把小男孩带在身边。她代替了妈妈的角色。他们住在意大利，直到季莫费长大。然后梅多什先生把他带到了贝尔格莱德。季莫费痛苦地承受与阿姨的分离，就是现在，我想他也是苦闷的……

有人说，生者的憎恨会转到对逝世者的爱上，而逝者的敌意会转到对生者的爱上。这我不知道。我只知道：要成为幸福的人——学会倾听是一种特殊的才能，就像在唱歌中或者在舞蹈中。要知道幸运可以作为遗产，也可以传给后代。

"这不对，"我从桌子边站起来尖锐地反对，"幸运不应该继承，它应该一块一块地建立起来。总之，最重要的，是你从各个方面看到的，要多于你自己感觉到的。"

3

第二天我在箱子里找到了一对丝绸手套，在其中一个里——带着香味。在上面写着并不明白的题词："Io ti sopravivo！"

"我比你活得长久！"——谢列娜给我翻译这题词。

闻了闻香水，我认出了古龙水的气味——正是季莫费身上的味道。他与阿姨阿娜斯塔西娅用同样的香水。我什么都没有对他说。但他，似乎有点察觉，他说：

"阿姨要是知道了我的爱人穿着她的皮衣服和裙子，她一定会感到特别幸福。它们全部都在这里。我想她的东西穿在你身上一定像在她自己身上那么合适。我们还在巴黎时就对此很吃惊了。"

于是，我们开始在老房子的柜子和小储藏室里搜寻。在这些地方还保存着一大堆美丽的东西，这些东西藏在半腐烂的箱子里，而这些箱子是水手们在长途航行后带来的。

我们在房子里徘徊着，偶然撞到了大五斗橱和航海柜上，这些东西都带着铁制插销和在杜波洛夫斯克生产的密码锁。其中有一个放着阿姨东西的有密码的箱子，是季莫费随身从意大利带到巴黎，而后再带到这里。他从箱子里拿出北极狐皮大衣并让我穿上它。大衣大小正合适。

"它就是你的。"他喃喃说道，并吻了我。

他给我珍贵的手镯，还有一打手套，还有戒指。戒指放在手套里，我拿起有花边的带皮革色调的丝绸手套。

"当时机到了，我会送你新的香水，"他说，"但暂时还不是时候。"

与季莫费在一起无论何时都不会无聊。他突然开始教我各种古怪的把戏。用两把刀子吃饭，用阿拉伯色调绘满脚掌，而嘴唇——专门为其安排了黑色的油漆。我特别适合这个。而后他给我上烹调艺术课。当他提到加了茴香的啤酒做的稀粥，醋栗汁调味的鸡蛋和蘑菇牡蛎时，我脑袋上的头发都竖了起来。我认真负责地开始学习准备所有这些，但总体上食物依旧还是由谢列娜准备。季莫费有点失望。有一天我问他，在科托尔哪里能够理发，他让我坐在沙发里，手里拿着叉子和刀，就在沙发旁给我理发并控制了我，我都没有来得及看看镜子，伴随着新发型，我的分头就像两滴水一样与他阿姨的很相像。

"说实在的，他和谁一起生活？是和我还是和阿姨？"我问自己，最终看了一下镜子。

最愉快的是在晚上，当从突尼斯带回来的提灯沿着天棚照亮了波斯挂毯，我们的心灵彼此对视着，我们留心倾听着黑暗。我们坐在房外的花园里，在二层楼的平台上，在黑暗中眯缝起眼睛吃着葡萄园里种的长满毛的、网球一样的桃子。当牙齿咬入桃子的时候，就像耗子在咬东西。这里，在土堆上，在高高的草上生长着水果，有柠檬和黄色的橙子。夜色在我们头上飞驰，变得更深邃，更漫无边际，在墙的后面，波浪声，男人、女人的说话声混在了一起。玻璃声、金属声和瓷器声从城里通过石头的回声传过来。

"注意听，"每一次季莫费对我说，"男人只能掌控女人唯一的一种声音。你听到这个女人的笑声了吗？"

我仔细倾听。笑声是柔声细语的、热情的，是那样成熟，几乎快要涨破一般。突然上帝从科托尔这边得知：这个女人的笑声中混入了悦耳的男人的噪声，这个噪声要么刺穿了处女膜，要么使她受了精，然后女人的嗓音立刻就停止了……

另外一次，在伊万·库巴拉，时间第三次停止了（季莫费这样说的），我悄悄地观察了他。他躺在床上看着天花板上的梁，这条梁上挂着我的像扇子一样的各色裙子。我感觉到了奇怪的气味。而后，他完全赤裸身体，悄悄进入夜里，走向空无一人的岸边，进入温暖的大海。游了一会儿泳，然后再返回来，向四处活动着手和脚，并伸出大舌头，就像狗一样，开始把舌头舔向鼻子。这时我才发现，他的阴茎勃起了，就像鱼从水里跃出一样。于是，我回忆起他如何教我弹男士乌德琴。他一动不动地躺在有盐味的海水里，把潮汐和波浪当作自己的情妇，她的手在抚弄他的阳具。最后，他把精液像射入情人的身体一样射入潮水中……

4

有一天，我在屋子里逛累了，经过季莫费妈妈白发的卡杰娜夫人的肖像时，感觉到她从自己的框架里有点奇怪地看着我，跟以前不太一样。这时已是黄昏时分，这时天空中鸟儿们和蝙蝠混在一起。西洛可风吹进屋里，门前垫的门垫被卷起来……

说真的，在屋子里，更准确地说，在我与季莫费之间依旧存在着紧张关系。他在此继续表现自己，好像我带着吉他要给他上音乐课的那天刚认识我时那样。就是，仿佛在我们之间、在土耳其什么都没有发生过，在那里我巧妙地在桌子底下用脚解开他的裤子。

"都到胡子边了，却吃不到嘴里，"我吃惊地想，"难道他确实没有认出我来？"

"你爱我吗？"我问。

"是的。"

"从什么时候？你记得是从什么时候吗？承认吧，你在巴黎的各种报纸上登启事，专门描述了我头发的颜色和其他特征，而后剪下了它，并投到了我的邮箱。你什么时候才会承认你知道我是谁？"

他回答：

112

"我不知道我是谁，也不知道你是谁。"

"你——就是在另外的世界引起地震的那只蝴蝶。而我？你记得吗，我是谁？"

他没把眼睛从科托尔湾西边的水上移开，继续说：

"就是你自己也不知道，你是谁……至于说到蝴蝶，也是在说今天的蝴蝶没有什么异常。今天光的终结已经不可避免，开始变得有点可能了——可能在任何时刻等得到，蝴蝶扇动翅膀——它飞下来了……我想告知你有些关于光明的终结的事件。许多人在想，光明的终结能从地球上的任何地点观看到。但我们不能忘记，这是客观存在的。如果光明的终结在任何地方都能看到，这就表明，空间并不存在。所以，灭亡由此而生，时间在另外的意义上被从空间中划出，在地球上到处都有被破坏的空间。到处都只留下从空间中解放出来的无声的时间。"

"总之请回答我的问题。"我不乐意地说。

"你看见了，我不同意这个。在古代的迦南，在教堂不远处立着祭坛，在祭坛周围建了许多座位。这就是为了观看光明的终结所建的。从这些座位上他们能以最好的形式看到末日的审判。就这样，他们等待着在某个点上的光的终结。对他们来说，这是时间的终结，而不是空间的完结。或者是说如果能在一点——唯一的点看到光明的消失，这就是说，在这个点上时间不存在。这就是光的终点。空间从时间中被释放了出来。"

我与他谈爱情，而他与我谈光明的消失。

"要知道我就是我，而你只谈爱情。在心中不存在空间，在灵魂里不存在时间的……"

于是他指了指科托尔的山峰。

"你看看，"他说，"在那里山的上面积雪覆盖。你想想雪到处都一样。但并不是，那里有三种雪，甚至从这里就能分清楚。有一层——去年的雪，第二层，能够看到在这下面——前年的，而那个，从高处，今年下的雪。雪经常是白的，但每年都不一样。这也适用于爱情。她延续了多久并不重要，重要的是，她变换了与否。如果你说：'我的爱情停滞在那里已经三年了。'那你要知道，你的爱情已经死亡了。爱情是活的，只要她还在变化。一旦她停止变化了，也就终结了。"

当时，我深深地受到了害怕的影响，但无法停止去希望。我对谢列娜说，明天我亲手为晚饭准备醋栗汁兔肉。女佣吃惊地看了我一眼，但准备了所有的必备材料。晚饭前我低声告诉了季莫费，上醋栗汁兔肉表明我们将进行房事，并且我实现了自己的承诺。从那时起他开始全神贯注地注意我给他准备的食物，他的眼睛一到晚上会蒙上特别的光辉。有一次，他给我带来一整小船鲜花。它们的芳香透过大海和盐的气味传过来。

过了一天又一天，有天又热又晒，我们洗澡，吃热油炸过的鱼，收集贝壳。有那么一次，他左手的中指被贝壳的边划破了。从小伤口处我吸出一小滴血，一切都很快过去了。我从他手里吃过无花果，这些果子有种奇怪的味道。当我闻到这种味道时，我开始明白，季莫费在想些什么。最终我明白了，季莫费卖出了这所古老的房子。

那时我问自己，"你怎么可以这样？快乐就在于拥有，

重要的不是房子，而是季莫费。如果快乐就是他。"在这种想法下，我全身发冷。当他因为要卖房子或其他的事情出门的时候，我就自己在空旷的房间里走来走去。一天在船上的大箱子里我找到了琥珀的念珠和古老的女性紧身衣，衣服缝着黑色的花边，花边上有金色的钱和镶在纽扣上的玻璃。这件紧身衣上有他阿姨名字的第一个字"阿"。这样的紧身衣用鲸鱼须系在短裤上，或者干脆不要它们，而是用橡胶吊袜带系在袜子上。我把紧身衣从小箱子里取出来，决定给季莫费一个惊喜。

我准备了蘑菇牡蛎，晚饭后我在手腕上喷了"我比你活得长久"香水。这时我听到，窗外刮起了西洛可风，在石墙后面的某处有某个女人在笑。穿过她的笑声传来了季莫费的嗓音，他唱起了教过我的浪漫曲，如果只有他不知道自己的过去：

明天的动作的网……而后我听到，他出门，为了用蜂蜜水漱口。他还没有来得及躺上巨大的女性的床，三人大床，我就出现在他面前了，穿上一件他阿姨阿娜斯塔西娅的紧身衣，他躺着，完全裸着身子，我们彼此看看，就像中了魔法似的，他的阴茎就像立方体一样直立，好像一个大鼻子，在鼻子底下只分出了拳曲的胡子。我坐在他上面。在那一刻，我的激情达到了最高点，我摇了摇头，恐惧还没有使我丧失意识：他黑头发的阿姨阿娜斯塔西娅穿着紧身衣戴着耳坠从她金色的镜框中看着我，轻轻地说话，随着爱情的节拍而轻轻晃动。

到高潮来临之时，我没有力气制止他。在那一时刻，我的爱人喷出了精液，让我受孕了，我的头发完全变白了，变成了另外一个叫做卡杰娜的女人，而头发像乌鸦翅膀一样黑的美人，季莫费娅·阿娜斯塔西娅，从镜子里，从三人大床上，总之从现实中永远消失了……

　　就这样，好像是他妈妈给了我新生。

陈寂　译

Milorad Pavic
The Fish Skin Hat. A love Story
Original title：Šešir od riblje kože
Copyright © 1996 Milorad Pavic
   © 2011 Jasmina Mihajlović；www. khazars. com
   FB @miloradpavicofficial
Simplified Chinese edition copyright：
2021 SHANGHAI TRANSLATION PUBLISHING HOUSE (STPH)
All rights reserved.

图字：09 - 2013 - 631 号

图书在版编目(CIP)数据

 鱼鳞帽艳史 /（塞尔维亚）米洛拉德·帕维奇著；戴骢，陈寂译.—上海：上海译文出版社，2022.11
 书名原文：The Fish Skin Hat. A Love Story
 ISBN 978 - 7 - 5327 - 8931 - 3

 Ⅰ.①鱼… Ⅱ.①米… ②戴… ③陈… Ⅲ.①短篇小说－塞尔维亚－现代 Ⅳ.①I543.45

 中国版本图书馆 CIP 数据核字(2022)第 197278 号

鱼鳞帽艳史

[塞尔维亚]米洛拉德·帕维奇 著 戴骢 陈寂 译
责任编辑/龚容 装帧设计/柴昊洲
封面绘图/raccoon 插图/冯雪

上海译文出版社有限公司出版、发行
网址：www. yiwen. com. cn
201101 上海市闵行区号景路 159 弄 B 座
上海盛通时代印刷有限公司印刷

开本 889×1194 1/32 印张 3.75 插页 5 字数 43,000
2023 年 3 月第 1 版 2023 年 3 月第 1 次印刷
印数：0,001—7,000 册

ISBN 978 - 7 - 5327 - 8931 - 3/I·5533
定价：78.00 元